KB059259

글쓰기가 두려운 그대에게

혼자서 익히는 글쓰기의 기초

문예출판사

* 본문에 게재된 인용문 중 저작권자를 확인하지 못해 동의를 구하지 못한 것은 저작권자가 확인되는 대로 정식 절차를 밟겠습니다.

머리말

커피 한 잔 마시며 글쓰기 기초 다지기

혼자 지내는 시간이 많아졌다. 일에서도, 관계에서도 떨어져 자신의 시간을 보듬어 안는 사람이 늘었다. 혼자의 시간이 되면 다양한 생각 속에서 내면의 목소리에 귀 기울이게 된다. 이때 무엇보다 나를 단단하게 만드는 게 있다.

바로, 글쓰기이다. 침묵 속에서 한 자 한 자 써나가는 글쓰기를 통해 상처를 치유하고, 고독을 달랠 수 있다. 가짜 자아를 밀어내고 진짜 자아를 끌어안으며, 세상에서 유일한 나를 오롯이 만난다. 이로써 무엇에도 휘둘리지 않는 스스로를 바로 세울 수 있다.

혼자에게 글쓰기는 밤길을 인도하는 등불과 같다. 그런데 왜 우리 주변에는 글쓰기를 두려워하는 사람이 적지 않을까?

대학에서 주로 공대생과 미대생을 상대로 글쓰기 강의를 할 때다. 그때, 국내에 나온 글쓰기 책들을 살펴본 적이 있었다. 하나같이 어렵고 딱딱하고, 또 실질적으로 글쓰기에 큰 도움이 되지 않았다. 그래서 나름의 글쓰기 교재를 만들어 대학생들에게 강의를 했다. 한눈에 이해되고, 쉽게 글쓰기를 터득할 수 있는 점에 주안점을 두었다. 그러자 어느 정도 효과가 나타났다. 글쓰기에 엄두를 못 내던 몇몇 대학생들이 강의를 듣고 나서, 글쓰기에 감을 잡고 자신감이 생겼다는 피드백을 주었다. 이런 경험을 토대로, 글쓰기를 어려워하는 사람이 생기는 이유는 쉽게 익힐 수 있는 글쓰기 책이 없기 때문이라는 결론을 얻었다.

그래서 이번에 초심자들이 쉽게 접할 수 있는 글쓰기 책을 집필했다. 작가 입장에서 볼 때, 글쓰기 초심자들이 실질적으로 기초를 다지는 데 도움이 될 수 있는 노하우를 소개했다. 특히 단 한 줄의 글조차 쓰기 어려운 사람들을 염두에 두고 정확하게 문장을 쓸 수 있는 능력을 길러주는 데 집중

했다.

그동안 글쓰기에 한이 맺히고, 공포를 느꼈던 분들, 이제 안심하시라. 이 책은 당신을 위해 쓰였다. 커피 한 잔 마시면서 이 책을 읽고 곱씹는 동안, 당신의 글쓰기 기초가 다져지리라 확신한다. 아무쪼록 책에 나온 대로 틈틈이 실천하기 바란다. 혼자의 시간이 당당해지는 것과 함께 글짱이 되어 있을 것이다.

합정역 근처

글쓰기 센터에서

고수유

차례

1장

정말, 글쓰기가 두려운 그대에게

글 잘 쓰는 사람 vs 글 못쓰는 사람

"작가님은 어떻게 해서 그렇게 글을 잘 쓰세요?"

종종 접하는 질문이다. 이런 질문을 하는 분들은 글쓰기를 잘 못하는 탓에 글 잘 쓰는 사람에 대한 부러움을 품는다. 그러면서 글을 유려하게 쓰는 이들은 특별한 DNA를 갖고 있는 것으로 생각하고 자신의 글쓰기 능력에 미리 한계를 정한다.

"작가는 아무나 되는 게 아니지. 글쓰기 재능은 천부적으로 타고나는 것이니까 말이야. 나처럼 타고난 재능이 없는 사람은 작가는 꿈도 꿀 수 없어."

정말, 그럴까? 결론부터 말하면 절대 아니요다. 문학을 포함한 예술 분야에서는 타고난 재능이 중요한 비중을 차지하지만 결코 절대적인 것은 아니다. 특별한 재능은 없지만 끊임없는 훈련을 통해 유명한 예술가의 반열에 오른 사람이 적지 않기 때문이다. 재능을 갖고 있어도 자기 연마를 하지 않아 평범해지는 경우도 비일비재하다. 가장 중요한 건 부단한 연습이다.

《아웃라이어》의 작가 말콤 글래드웰은 어느 분야에서든 1만 시간을 투자하면 전문가가 될 수 있다고 주장한다. 모

차르트, 비틀즈, 빌 게이츠 등도 1만 시간의 훈련을 통해 전문가의 반열에 오를 수 있다고 말했다. 말콤 글래드웰에 따르면, 1만 시간은 하루에 세 시간, 일주일에 스무 시간씩 10년간 연습하는 것을 의미하는데, 이보다 적은 시간을 연습해 한 분야에서 능통해질 수는 없다고 한다.

나는 〈문학사상〉에 시로 등단한 후, 〈동아일보〉 신춘문예 중편소설 부문에 당선됐다. 시뿐만 아니라 소설까지 섭렵했으니 대단한 재능을 갖고 있는 것으로 생각하는 분이 많다.

하지만 실상은 그렇지 않다. 솔직하게 말하면 나는 초중고 시절을 통틀어 글을 잘 쓰는 학생으로 여겨지지 않았다. 학창 시절, 백일장 대회에서 수상하는 친구를 부러운 눈으로 바라보는 축이었다. 내게 있는 특기라곤 그림 그리기와 몽상하기였다. 다행히 이 두 가지가 글쓰기에 밑거름이 되었다. 그림 그리기에서 관찰력을, 몽상하기에서 상상력을 이어받아 십분 활용했다. 하지만 아쉽게도 이것만으로는 작가가 되기에 부족했다.

나는 외국어 작문 공부를 하듯, 문장 한 줄 한 줄을 음미하며 베끼기에 몰입했다. 처음엔 시집이었다. 내 감성에 맞는 시에 한 행 한 행 밑줄을 그으며 속으로 몇 번씩이나 곱씹었다. 그다음 마음에 쏙 드는 몇 편의 작품을 골라 노트에 필사했다. 다섯 번에서 열 번 정도를 했다. 이 과정을 거친 후 필사하던 작품과 비슷한 시 나부랭이를 끼적일 수 있었다.

이런 습작 훈련을 재수 시절부터 대학교 4학년 때까지 했다. 특히, 대학생 시절에는 거의 매일같이 했다. 서서히 다른 시를 모방한 듯한 것에서 벗어나 나만의 시가 나오기 시작했다. 그런 끝에 운 좋게 등단을 하게 되었다.

다음은 소설이었다. 본격적으로 소설 쓰기에 매달린 건 대학원 때였다. 주로 신춘문예 수상작과 유명 문학상 수상작의 명단편을 반복해서 곱씹어 읽고, 또 명문장을 필사했다. 점차 정확한 소설 문장이 체화되어 갔다. 이와 함께 15년 여 수많은 습작 작품을 만들어나간 끝에 소설가로 인정받았다.

이렇듯, 나를 작가로 만든 원동력은 훈련에 바친 시간이었다. 말콤 글래드웰의 말처럼 1만 시간을 투자함으로써 나름의 전문가 반열에 오를 수 있었던 것이다.

글치와 글치 아닌 사람의 차이 또한 훈련에 얼마만큼의 시간을 바쳤느냐에 있다. 고로, 글쓰기 왕초보님들에게 드릴 수 있는 최고의 글쓰기 조언은 시간을 들여 '훈련을 하라'이다. 작가를 목표로 하지 않는 분들은 1만 시간까지 필요하지는 않다. 관심을 갖고 틈틈이 조금씩 시간을 투자하는 것으로 족하다. 이로써 자신도 모르는 사이에 '글치'에서 벗어나 '글짱'이 돼 있을 것이다.

문제는 글쓰기를 방해하는 생활 습관

요즘, 건강을 위해 휘트니스 센터를 찾는 이들이 많다. 보통 6개월이나 1년 단위로 회원권을 신청한다. 초반에는 의욕이 넘쳐 센터를 제집처럼 자주 들락거린다. 그런데 시간이 지나면서 방문 횟수가 현저히 줄어드는 사람들이 많다. 이 경우가 바로 작심삼일에 해당한다. 반대로 매주 규칙적으로 센터를 방문하는 사람들이 있다. 6개월, 1년 동안 변함이 없다.

이렇듯 어떤 사람은 작심삼일하고, 어떤 사람은 꾸준하다. 둘에게는 건강을 위해 연습에 투자할 수 있는 환경이 똑같이 주어져 있다. 그럼에도 왜 차이가 생기는 걸까? 바로 운동을 방해하는 생활 습관 때문이다.

"저녁에 우리 마케팅 2팀 회식이야."

"내가 좋아하는 드라마를 놓치면 안 돼."

"잠이 부족해. 오늘만 푹 자고 회사에 출근하자."

이런 이유로 상당수의 사람들은 작심삼일의 늪에 빠진다. 그러고는 6개월, 1년 치의 회원권을 휴지 조각처럼 날려버린다. 운동에 방해가 되는 일상생활 습관의 벽을 넘어서지 못하고 주저앉고 만 것이다.

글짱이 되고자 하는 사람들도 마찬가지다. 어떤 사람은 글쓰기 연습을 작심삼일하고, 어떤 사람은 꾸준하게 한다. 전자는 글쓰기에 방해가 되는 습관의 벽에 갇히고 만 셈이다. 그리고 글쓰기 연습과 작별을 고한다.

분명히 말하지만, 이런 생활 습관을 적절히 통제하지 못한다면 결코 글짱이 될 수 없다. 글쓰기 연습은 세 가지 축으로 이루어져 있다. 첫 번째 축은 직접 글을 쓰는 '훈련(필사 포함)', 두 번째 축은 '독서', 세 번째 축은 '생각'이다. 이 세 가지가 모두 갖추어져야 제대로 된 글쓰기 연습이라고 할 수 있다.

글쓰기 초심자에게 드리고 싶은 '글을 잘 쓸 수 있는 실용적인 생활 습관 세 가지'를 끄트머리에 보탠다.

1. 글쓰기 목표량 소박하게 잡기

많은 목표량은 곧 작심삼일을 낳는다. 소박하게 목표량을 세우자. 그리고 매일 목표치를 채우기 힘들다면, 주 단위로 목표를 달성하자. 블로그나 페이스북, 카페에 규칙적으로 글을 올리는 타인과의 약속을 통해 글쓰기를 해나가는 것도 좋다.

2. 글 쓰는 동안 휴대 전화 멀리 두기

글쓰기를 하는 동안만이라도 휴대 전화를 잠시 손이 닿지 않는 곳, 보이지 않는 곳에 두자. 그래야 글쓰기에 집중할 수 있다.

3. 적절한 운동

자신에게 적합한 정도의 운동을 하자. 운동을 통해 집중력이 높아지고 머리 회전이 빨라진다. 줄곧 앉아 있을수록 오히려 생산성이 떨어진다. 적당히 땀을 흘리고 나서 책상에 앉아보라. 머리에서 엔도르핀이 마구 쏟아지는 걸 느낄 수 있을 것이다.

글쓰기가 혼자의 시간을 단단히 만든다

혼밥, 혼술, 혼영, 혼곡, 혼놀, 혼공, 혼클…….

요즘의 트렌드를 잘 보여주는 말이다. 내가 대학을 다니던 때만 해도 혼자 밥을 먹는 게 흔치 않은 일이었다. 학교 구내식당에서나 시간에 쫓겨 혼자 식사를 하는 학생을 간간이 볼 수 있을 뿐이었다. 혼술, 혼영, 혼곡은 상상도 할 수 없었다.

하지만 요즘은 많이 달라진 듯하다. 식당은 물론 카페, 영화관, 노래방을 혼자 찾는 손님이 많아졌다. 이제는 혼자가 결코 초라하거나 왜소해 보이지 않는다.

나는 전업 작가라 혼자 시간을 보내는 일이 많다. 가끔 출판 관계자나 지인을 만나는 것을 제외하곤 대부분 혼자다. 지금은 '일인 기업' 비슷한 게 되다보니, 혼자임을 당당하게 여기고 있다. 대학생 때부터 창작에 빠진 채 많은 시간을 홀로 보내왔기에 결코 부담이 되거나 불편하지 않다.

혼자 트렌드와 맞아떨어진 화제작《혼자 있는 시간의 힘》의 저자 사이토 다카시는 대입 실패 후 대학 교수가 되기까지 10여 년을 주로 혼자서 보냈다. 그는 혼자의 시간을 스스로를 키우는 기회로 만들라고 하면서, 특히 젊은 시기에 '혼자 있는 시간의 힘'을 받아들이고 자신을 위한 시간을 경험하라고 조언한다.

타인의 시선에 신경 쓰지 말고, 혼자의 시간을 귀중히 여기며 자신에게 온 에너지를 집중해야 한다. 이 과정에서 필요한 게 '시간을 유용하게 보내기'다. 휘트니스, 요가, 등산, 독서, 글쓰기, 외국어 공부, 실용적인 지식 습득, 음악 감상 등 할 게 많다. 이 중에서도 특히 혼자의 시간을 단단하게 만드는 게 바로 글쓰기다. 글쓰기를 통해 사유의 폭이 넓고 깊어지며 또 정교해지는 걸 경험하게 된다.

나 또한 그런 경험을 했다. 나는 대학교에 진학하기 전부터 시 습작을 해왔다. 군 제대 후에야 비로소 대학에 진학했으니, 여러 해 동안 시 습작을 한 셈이다. 나는 주로 혼자의 시간을 보내면서 책을 읽고 시 습작 중심의 글쓰기 훈련을 했고, 이를 통해 자신과 대면하는 시간을 갖는 쪽이었다.

당시, 노트에 습작 글이 많아지는 것과 함께 조금씩 내가 변해갔다. 생각이 넓고 깊어짐에 따라 묵직한 고민도 많이 했다.

"나는 어디에서 와서 어디로 가는가?"

"진정한 아름다움은 무엇인가?"

"이 사회에 정의가 실현되기 위해서 나는 무엇을 해야 하나?"

이와 함께 글쓰기에 더욱 매진해가자, 두루뭉술하던 생각이 정교하게 바뀌기 시작했다.

책만 읽고 끝내서는 절대로 사고가 정교해지지 않는다. 생각이 치밀하고 예리하며 논리정연해지기 위해서는 노트 위에서 쓰고 고치는 부단한 훈련을 해야 한다. 이 과정에서 엉성하던 사유가 날선 면도날처럼 바뀌게 된다.

글쓰기가 몸과 마음을 치유한다

누구나 크고 작은 마음의 상처를 갖고 있다. 그림자처럼 따라붙는 생채기를 치유하는 방법은 많다. 그 가운데, 글쓰기는 쉽게 실천에 옮길 수 있는 치유법 중 하나다. 따로 배우지 않고서도 글을 적어나가다 보면 눈부신 치유의 경험을 할 수 있다.

연이은 대학 낙방으로 나는 많은 시간을 혼자 보내야 했다. 이 시기 나에게는 말 못 할 상처들이 생겼다. 다니던 교회에서도 큰 위안을 얻지 못했는데, 끼적끼적 노트 위에 글을 쓰자 조금씩 마음이 편안해졌다.

처음에는 백지 위에 분노, 하소연을 아무렇게나 적었다. 그 글들을 보고 있노라면 낯이 따가울 정도였다. 하지만 시간이 지나면서 내 글은 일정한 형식이 갖춰지기 시작했다. 점차 시나 일기 형식으로 마음을 표현해나가며 생각을 곱씹게 되었다. 가슴속 상처를 제3자의 눈으로 바라보는 여유를 갖게 된 것이다. 그러면서 상처에서 어느 정도 자유로워졌다.

돌이켜보면, 지금 내가 작가로 활동하게 된 원동력은 상처가 아니었나 생각한다.

텍사스대학교 심리학과 교수 제임스 W. 페니베이커는 글쓰기의 심리 치유 효과를 입증했다. 그는 4일 동안 매일 15분에서 30분간 화나고 슬픈 경험을 글로 쓰는 실험을 위해 참가자를 모집했다. 그들은 최대한 솔직하게 글을 쓰도록 요구받았다. 그 결과, 참가자들의 긴장감이 크게 떨어지는 것과 함께 행복감이 높아지고 건강 또한 좋아졌다는 게 밝혀졌다.

제임스 교수는 강간 피해 여성을 대상으로 글쓰기의 치유 효과를 입증하기도 했다. 분노와 상실감으로 삶의 희망을 잃은 여성들 가운데 상당수가 노트에 자신의 이야기를 솔직히 적어나가자 트라우마가 조금씩 치유된 것이다.

그는 상처를 털어놓지 않으면 질병에도 취약해진다고 하면서 이렇게 말했다.

"4~5일간 하루에 15~30분 정도 글쓰기를 하며 비밀스러운 상처들을 털어놓을 때 놀랄 만한 변화가 나타났다. 글을 쓰며 내면을 털어놓은 사람들은 그렇게 하지 않은 사람들에 비해 훨씬 행복해했으며 긴장감이 줄어들었고, 면역체계 활동도 증가한다는 것을 알게 되었다."

《치유의 글쓰기》의 저자 셰퍼드 코미나스는 글쓰기를 통해 육체 치유의 경험을 했다. 그녀는 젊은 시절 편두통에서 벗어나고자 일기를 쓰기 시작했는데 실제로 점차 고통에서 해방되는 경험을 하게 된다. 그녀는 일기 쓰는 습관을 갖고 그것에 충분한 시간을 부여하면 자신에게 최고의 배려가 된다고 했다. 이와 함께 글쓰기는 기쁨을 찾아내주는 것은 물론 슬픔과 갈등을 대면하는 데 큰 도움이 된다고 했다.

말 못 할 상처로 괴롭다면 글을 써보자. 육체적 고통에 시달리고 있다면 지체하지 말고 글을 써보자. 혼자 끙끙대지 말고 글로 진솔하게 표현해보자. 이렇게 하노라면 악몽과 아픔이 서서히 사라지는 걸 체험하게 될 것이다.

SNS 시대, 글쓰기가 첫인상을 결정한다

SNS가 우리 삶을 파고들었다. 누구나 언제든 스마트폰으로 새 소식을 접하고 일상과 생각에 대한 이미지와 글을 자유롭게 올릴 수 있다. 이제는 친구나 연인, 비즈니스 고객을 SNS를 통해 만나는 것도 어색하지 않은 시대가 되었다.

SNS 문화는 전문 작가인 내게 신기하면서도 반가운 현상으로 보인다. 변변한 통신 수단이 없던 과거에는 누군가와 소통하기 위해 편지에 매달려 한 자 한 자 정성스럽게 글을 써야 했다. 이런 생활 속 글쓰기 문화는 전화가 보편화되며 서서히 사라졌다. 그러나 SNS가 등장하면서 다시 글쓰기 문화가 조성되는 듯하다.

SNS에서는 다양한 글을 볼 수 있다. 일상과 생각을 적은 글에서부터 책, 영화, 여행, 맛집 그리고 더 나아가 전문적인 분야에 대한 해박한 지식 소개까지 각양각색의 글을 접할 수 있다. 문제는 이 수많은 글 가운데 일부만 생존하고 나머지는 도태된다는 점이다.

사정이 이렇다보니 '조회수를 높이는 SNS 글쓰기', '공유수를 높이는 SNS 글쓰기' 같은 요령이 회자되고 있다. 대표적으로 신선하고 강력한 이미지를 넣어라, 짧은 글과 긴 글을 적절히 활용하라, 따뜻한 스토리텔링을 사용하라, 유머와 퀴즈를 가미하라 식이다.

사실, 이런 팁이 유용한 건 사실이지만 그렇다고 근본적인 처방책이 되지는 못한다. 조회 수와 공유 수를 늘리는 SNS 글쓰기의 근본 방안은 다른 데 있지 않다. 글쓰기, 그 자체를 정확하게 하는 데 있기 때문이다. 한 문장조차 제대로 쓰지 못하는 사람은 아무리 좋은 내용을 요령껏 SNS에 올려도 주목받기 힘들다. 생각해보라. 전장에 나가 적군을 무찌르겠다는 병사가 소총을 올바로 다루지 못한다면 말이 되겠는가?

SNS에 올리는 글은 어려운 글이 아니다. 결코 전문 작가의 수준을 요구하지 않는다. 내용을 가장 정확하게 또 쉽게 전달할 수 있는 것으로 족하다. 이 정도의 수준만 잘 체득해도 SNS 상에서 첫인상을 매력적으로 드러낼 수 있다.

연인과의 첫 미팅을 위해 어떻게 하는가? 여자는 화장에 신경을 쓰고 머리를 새로 하고, 멋진 패션을 선보인다. 남자도 마찬가지로, 외모에 각별히 신경을 쓴다. 이렇게 만반의 준비를 하는 이유가 뭘까? 첫 만남에서 상대방에게 좋은 인상을 주기 위해서다. 첫인상을 좋게 각인시켜야 상대방의 마음을 낚아챌 수 있는 법이다.

SNS 글쓰기 또한 마찬가지다. SNS에 올린 글이 첫인상을 결정하기 때문에 각별히 신경을 써서 글쓰기를 해야 한다. 문장이 서툴고, 비문을 남발하고 게다가 맞춤법까지 틀린다면 첫인상을 완전히 구기는 것과 같다. 그런 글에 어느 누가 소통의 손을 내밀까? 불통을 피하고, 많은 이들에게 좋은 인상을 주는 글의 첫 번째 비결은 간단하다. 바로, 자신의 생각을 정확하고 쉽게 쓰는 것이다.

끌리는 명문장 맛보기

• 3월 21일은 '세계 시의 날'이다. 지난 세기가 저물던 1999년 제30차 유네스코 총회에서 제정했다. 유네스코 본부가 있는 파리를 비롯하여 지구촌 곳곳에서 시 낭송회가 열린다. 평소에는 바쁘다는 핑계로 시 한 편 읽을 여유조차 갖기 어려운 생활이지만 시의 날이라 하니 나도 모르게 시집에 손이 간다. 요즘 참 아름답고 좋은 시들이 많이 있는데 그에 비하면 읽는 이들이 너무 적은 것 같다.

동물도 과연 시를 쓸까? 시란 "자기의 정신생활이나 자연, 사회의 여러 현상에서 느낀 감동이나 생각을 운율을 지닌 간결한 언어로 나타낸 문학 형태"라는 어느 국어사전의 정의에 따른다면 나는 이 세상 거의 모든 동물들이 다 시인일 수밖에 없다고 생각한다.

봄이 되어 해가 길어지기 시작하면 저마다 목청을 가다듬어 사랑의 세레나데를 부르는 숫새들은 다 영락없는 서정 시인들이다. 그들은 한결같이 운율이나 자수가 일정한 정형시를 쓴다. 시인마다 느낌의 차이는 있지만 같은 종에 속하는 수컷들은 모두 똑같은 틀에 맞춰 시를 쓴다. 유전자의 지시에 따라 시의 길이도 정해져 있으니 그들이 쓰는 시는 어쩌면 시조라 해야 옳을지도 모른다.

최재천, 《생명이 있는 것은 다 아름답다》(효형출판)

저자는 과학의 대중화에 앞장서는 생물학자이다. 이 책은 생물의 세계에 대한 전문적인 관찰과 지식을 다루고 있지만 일반 수필처럼 쉽게 읽힌다. 특히, 미시적 시각으로 생물의 세계를 이야기하면서 우리 인간 사회의 잘못된 관습과 문화를 꼬집고 있다. 저자는 다음의 생각거리를 던져준다. 곤충과 새, 물고기 들은 사회를 만들 수 있는가? 생물의 세계와 인간의 세계를 비교하는 게 의미가 있는가? 인간은 다른 생물들의 중심이 될 수 있는가? 생명이라는 건 무엇인가?

이 책의 문장은 위 발췌문에서 보듯 산뜻하고 간결하다. 매우 짧고 날렵한 첫 문장도 눈에 띈다. 긴 문장을 거의 찾아보기 힘들고, 접속어가 없다.

앞의 세 문장을 글쓰기에 서툰 사람이 쓴다면 아래처럼 될 듯싶다. 위의 글과 아래의 글을 비교하면, 어떤 글이 나은지 잘 알 수 있을 것이다.

3월 21일은 '세계 시의 날'인데 이 날은 지난 세기가 저물던 1999년 제30차 유네스코 총회에서 제정했다. 현재 유네스코 본부가 있는 파리를 비롯하여 지구촌 곳곳에서 '세계 시의 날'에 시 낭송회가 열린다.

"세계 시의 날"의 '날'이 그다음 "이 날"의 '날'로 반복되고 있다. 군더더기다. 게다가 글의 첫 문장에서부터 "'세계 시의 날'인데"의 "~데"라는 말을 넣어 문장을 길게 쓰는 건 좋지 않다.

•• 거듭 말하거니와 나는 모국어의 여러 글사들 중에 '숲'을 편애한다. '수풀'도 좋지만 '숲'만은 못하다. '숲'의 어감은 깊고 서늘한데, 이 서늘함 속에는 향기와 습기가 번져 있다. '숲'의 어감 속에는 말라서 바스락거리는 건조감이 들어 있고, 젖어서 편안한 습기도 느껴진다. '숲'은 마른 글자인가 젖은 글자인가. 이 글자 속에서는 나무 흔드는 바람 소리가 들리고, 골짜기를 휩쓸며 치솟는 눈보라 소리가 들리고 떡갈나무 잎에 떨어지는 빗소리가 들린다.

깊은 숲 속에서는 숨 또한 깊어져서 들숨은 몸속의 먼 오지에까지 스며드는데, 숲이 숨 속으로 빨려 들어올 때 나는 숲과 숨은 같은 어원을 가진 글자라는 행복한 몽상을 방치해둔다. 내 몽상 속에서 숲은 대지 위로 펼쳐놓은 숨의 바다이고 숨이 닿는 자리마다 숲은 일어선다. '숲'의 피읖받침은 외향성이고, '숨'의 미음받침은 내향성이다. 그래서 숲은 우거져서 펼쳐지고 숨은 몸 안으로 스미는데 숨이 숲을 빨아당길 때 나무의 숨과 사람의 숨은 포개진다. 몸속이 숲이고 숲이 숨인 것이어서 '숲'과 '숨'은 동일한 발생 근거를 갖는다는 나의 몽상은 어학적으로는 어떨는지 몰라도 인체생리학적으로는 과히 틀리지 않을 것이다. 나는 몸이 입증하는 것들을 논리의 이름으로 부정할 수 있을 만큼 명석하지 못하다.

김훈, 《자전거 여행》 1권(문학동네)

《자전거 여행》은 자전거를 타고 전국 방방곡곡을 돌며 마주친 풍경을 아름답게 그리고 있는 산문집이다. 자연 풍경을 섬세한 필체로 그려내면서 자신만의 독특한 통찰을 보여준다. 저자는 다음의 생각거리를 던져준다. 우리나라는 얼마나 아름다운가? 자전거를 타면서 국토를 여행하면 어떤 교훈을 얻을 수 있는가? 아름다운 산문의 언어는 어떤 것인가?

이 책의 위 발췌문은 진득한 사색의 깊이를 보여준다. '숲'이라는 단어에 대한 생각이 마치 진짜 숲처럼 선명하게 그려지고 있다. 저자 김훈은 연필로 소설을 쓴다고 하는데, 글에서 꾹꾹 눌러 쓴 연필의 느낌이 난다. 자신만의 생각이 문장에 잘 배어날 때 이처럼 자꾸 곱씹게 되는 좋은 글이 된다.

《자전거 여행기》1권의 발췌문에서 눈여겨볼 것은 접속어가 두 번째 단락 중간의 "그래서"뿐이라는 점이다. 접속어가 거의 없는 만큼 글의 밀도가 더 높다.

2장

글쓰기 전에 알아야 할 것들

한두 줄 베껴 쓰기부터

> "언제나 같은 시각에 오는 게 더 좋을 거야." 여우가 말했다. "이를테면, 네가 오후 네 시에 온다면 난 세 시부터 행복해지기 시작할 거야. 시간이 갈수록 난 점점 더 행복해지겠지. 네 시에는 흥분해서 안절부절 못 할 거야. 그래서 행복이 얼마나 값진 것인가 알게 되겠지! 아무 때나 오면 몇 시에 마음을 곱게 단장해야 하는지 모르잖아. 의식儀式이 필요하거든."
>
> 앙투안 드 생텍쥐페리, 《어린 왕자》(문예출판사)

《어린 왕자》에서 여우가 하는 말이다. 많은 사람들이 이 대목을 기억하고 있을 것이다. 보석 같은 이 구절이 가슴속에서 메아리치는 듯해 쉽게 눈을 떼지 못한 경험이 있을 줄 안다. 이처럼 책을 읽다가 마음에 드는 구절을 맞닥뜨리는 경우가 있는데, 몇몇 사람들은 펜을 들고 밑줄을 긋기도 한다. 그러면서 여운을 깊이 간직한다.

《어린 왕자》에만 해당되는 게 아니다. 소설, 경영서, 에세이, 실용서 등에서도 충분히 가슴을 울리는 좋은 구절을 만날 수 있다. 좋은 구절을 허투루 지나치지 말고, 유용하게 사용한다면 글쓰기에 큰 도움이 된다.

그렇다면 좋은 구절을 통해 어떻게 글쓰기에 도움을 받을 수 있을까? 바로 베껴 쓰기, 즉 필사를 하는 것이다. 우선 책의 여백에 인상 깊었던 구절을 음미하면서 한 자 한 자 적어보자. 눈으로만 봤을 때에는 접하지 못했던 글의 독특한 느낌과 울림, 리듬을 체험할 수 있을 것이다. 별도의 노트나 스마트폰의 메모장에 명구절 베껴 쓰기를 해도 좋다.

처음엔 한 줄이나 두 줄 정도에서부터 시작하자. 한 단락도 버거울 수 있기 때문이다. 가령, 앞서 소개한《어린 왕자》발췌문의 경우, 이런 문장을 베껴 써볼 수 있다.

> 네가 오후 네 시에 온다면 난 세 시부터 행복해지기 시작할 거야.

문장을 속으로 소리 내면서, 한 자 한 자 베껴 써보자. 당장 글쓰기 실력이 향상되는 일이 생기진 않는다. 베껴 쓰기를 한 달 두 달, 더 나아가 6개월, 1년을 해야 한다. 책을 읽는 틈틈이 하는 것이기 때문에 딱히 많은 시간이 소요되지 않는다. 한 단락 두 단락 늘려가자.

이렇게 반복해서 꾸준히 한두 문장 베껴 쓰기를 하다보면 어느새 변화가 생긴다. 오랫동안 베껴 쓰기를 했던 좋은 문장이 자신도 모르게 변형되어 내 문장으로 나온다. 의식적으로 암기를 하지 않았지만, 좋은 문장이 체화된 셈이다.

《엄마를 부탁해》의 소설가 신경숙도 마찬가지다. 그녀는 자신의 감성적인 문체가 습작기 시절의 필사를 통해 탄생했다고 밝힌다.

> 江을 시작으로 나는 그 여름을 내 노트에 선배들의 소설을 옮겨적는 일을 하며 지냈다. 최인훈의 웃음소리, 김승옥의 무진기행, 이제하의 태평양, 오정희의 중국인 거리, 이청준의 눈길, 윤흥길의 장마, 최창학의 槍, 강호무의 화류항사…….
>
> 그냥 눈으로 읽을 때와 한 자 한 자 노트에 옮겨적어볼 때와 그 소설들의 느낌은 달랐다. 소설 밑바닥으로 흐르고 있는 양감을 훨씬 더 세밀히 느낄 수가 있었다.
>
> 신경숙, 《아름다운 그늘》(문학동네)

회화에서도 '따라하기'가 중요하다. 화가 지망생들은 롤모델 화가의 작품을 모사하는 게 필수적인 과정이다. 구도와 색상은 물론, 선 하나하나까지 똑같이 따라하다보면, 자연스레 화가의 회화 기법을 체득할 수 있다.

피카소도 다른 화가들의 그림을 모사하고 좋은 작품의 장

점을 자신의 것으로 차용했다. 실제로 〈한국의 학살〉은 고야의 〈5월 3일의 처형〉이라는 그림을 모사해 자신의 그림에 차용한 것으로 유명하다. 피카소는 이렇게 말했다.

"모사는 자기 훈련이며 수업이기도 하다."

밑줄 그으며 좋은 문장 분석하기

아무리 베껴 쓰기가 좋다고 해도 그것만으로는 글쓰기 훈련이 부족하다. 한 발짝 더 나아가기 위해선 어떻게 해야 할까? 이때, 필요한 것이 밑줄 그으며 문장 분석하기다. 단지 마음에 드는 문장을 발견하고 밑줄 긋는 것과 다르다. 밑줄 긋는다는 점에서는 같지만 이는 엄연히 문장을 분석하기 위해 하는 것이다.

아래 예문을 보자. 앞에서는 단지 베껴 쓰기에 활용했다면 여기에서는 문장을 낱낱이 분석하는 데 활용한다.

> 엄마를 잃어버린 지 일주일째다.

> 오빠 집에 모여 있던 너의 가족들은 궁리 끝에 전단지를 만들어 엄마를 잃어버린 장소 근처에 돌리기로 했다. 일단 전단지 초안을 짜보기로 했다. 옛날 방식이다. 가족을 잃어버렸는데, 그것도 엄마를 잃어버렸는데, 남은 가족들이 할 수 있는 일은 몇 가지 되지 않았다. 실종 신고를 내는 것, 주변을 뒤지는 것, 아무나 붙잡고 이런 사람 보았느냐 묻는 것,

의류 쇼핑몰을 운영하는 남동생이 인터넷에 엄마를 잃어버리게 된 이유와 잃어버린 장소와 엄마의 사진을 올리고 비슷한 분을 보게 되면 연락해달라고 게시하는 것. 엄마가 갈 만한 곳이라도 찾아다니고 싶었으나 이 도시에서 엄마 혼자 갈 수 있는 곳은 없다는 것을 너는 알고 있었다.

신경숙, 《엄마를 부탁해》(창비)

우선, 위 예문에서 달랑 떨어진 채로 쓰인 맨 앞의 한 문장을 주목하자.

엄마를 잃어버린 지 일주일째다.

이 문장이 중요한 게 아니다. 이 문장과 다음 문장이 이어지는 단락 사이의 여백이 주목을 요한다. 이 여백은 마치 '한숨', '탄식', '안타까움' 같은 효과를 낸다. 밑줄을 그으며, 잘 캐치해야 한다.

두 번째는 두 번째, 세 번째 두 문장에 각별한 분석이 요구된다.

일단 전단지 초안을 짜보기로 했다. 옛날 방식이다.

보통의 경우, 앞의 문장은 아래와 같이 쓰기 쉽다.

일단 옛날 방식인 전단지의 초안을 짜보기로 했다.

짧은 두 문장을 하나로 하는 게 나을 성 싶은데 왜 두 개로 나누었을까? 바로 이 점을 밑줄 그으며 깨달아야 한다. 하나가 아닌 둘로 나눈 이유는 "초안"을 꾸미는 말이 늘어나기 때문이다. "옛날 방식인", "전단지" 두 개가 "초안"을 꾸미게 되면 다소 답답해진다. 따라서 간명하게 "전단지"만으로 "초안"을 꾸미고 나서, 다음 문장에 "옛날 방식"이라고 밝혔다. 여기에서 배울 점은 가능하면 꾸미는 말을 최소화하라는 것이다.

세 번째는 아래 한 문장에 대한 분석이 요구된다.

가족을 잃어버렸는데, 그것도 엄마를 잃어버렸는데, 남은 가족들이 할 수 있는 일은 몇 가지 되지 않았다.

"~을 잃어버렸는데"에 쉼표를 사용해 두 번 반복했기에 리듬감이 살아난다. 만약, "가족을 잃어버렸는데"와 "그것도 엄마를 잃어버렸는데"를 하나로 합해, '가족인 엄마를 잃어버렸는데, 남은 가족들이~'로 하면 어떻게 될까? 리듬감이 없어진 평범한 문장이 되고 만다. 마치 노래 가사를 박자감 없이 읽는 것과 같다. 이 문장에서는 짧은 문장을 반복해 리듬감을 살려주는 요령을 터득해야 한다.

마지막은 맨 마지막 문장에 분석이 요구된다.

> 엄마가 갈만한 곳이라도 찾아다니고 싶었으나 이 도시에서 엄마 혼자 갈 수 있는 곳은 없다는 것을 너는 알고 있었다.

"싶었으나"에 주목해보자. 대체할 수 있는 말은 '~지만'을 사용한 '싶었지만'이다. 그런데 "~으나"를 사용하고 있다. 아무것이나 상관이 없을까? 그렇지 않다. 리듬감 때문이다. 속으로 곱씹어볼 때, "~으나"가 들어가야 더 매끄럽게 이어진다. 다음은 "엄마 혼자"이다. 보통 늘어지게 쓰면 '엄마가 혼자'처럼 '가'자가 끼어들어 간다. 빼어난 문장의 소유자인 작가는 '가'를 허용하지 않는다. 위의 문장을 밑줄 그으며 분석해보라. 과연 '가'를 빼어놓으니 문장이 훨씬 산뜻하지 않은가?

문장의 기본은 정확, 간결

희언자연希言自然: 말이 적은 것이 자연스러운 것이다.

노자 《도덕경》 23장에 나오는 말이다. 이처럼 말수는 적을수록 좋다. 문장 하나에 형용사가 다섯 개 있는 것보다는 네 개, 네 개보다는 셋, 셋보다는 둘인 쪽이 훨씬 낫다. 의도한 효과를 얻기 위해 말수를 줄이려고 하다보면 자연히 보다 정확하고 힘찬 언어를 찾게 된다.

매년 천만 부 이상의 베스트셀러를 터뜨리는 작가로 유명한 작가 딘 쿤츠는 《베스트셀러 소설 이렇게 써라》에서 형용사 등 말수를 줄임으로써 정확성과 힘을 얻을 수 있다고 밝히고 있다. 그리고 그렇게 함으로써 작가의 의도를 정확하게 독자에게 전달할 수 있다고 말한다.

'정확'과 '간결'의 관계는 비례한다. 정확하게 문장을 쓰면 자연히 문장이 간결해지며, 또한 간결한 문장은 표현을 정확하게 만들기 때문이다. 딘 쿤츠는 이러한 '정확'과 '간결'의 대표적 사례로 《노인과 바다》를 든다. 아래의 예문에서 볼 수 있듯이 그의 문장은 주어, 동사, 목적어 세 가지로 최소화되어 있다.

> 고물 쪽으로 되돌아가서는 어깨에 걸려 있는 줄이 당기는 힘을 왼손으로 지탱하며 몸을 돌렸다. 그리고 오른손으로 칼을 꺼냈다. 어느 사이엔지 하늘에는 별이 총총히 나와 있었다. 그래서 돌고래를 똑똑히 볼 수 있었다. 노인은 칼을 돌고래 머리에 꽂고 고물 밑창에서 끌어냈다. 발로 고기를 누르고 항문에서 아래턱까지 단칼에 잘랐다. 그리고 칼을 놓고는 오른손으로 내장을 빼냈다. 더러운 것을 깨끗이 긁어내고 아가미도 모두 뜯어냈다. 그놈의 위가 무겁게 느껴지고 미끈거렸다. 갈라보니 날치 두 마리가 그 안에 들어 있었다. 아직 싱싱하고 살도 단단했다. 노인은 그것을 옆에 가지런히 놓고 돌고래의 내장과 아가미를 뱃전 너머로 던져 버렸다. 그것들은 인광을 발하면서 길게 꼬리를 늘어뜨리고 바닷물 깊숙이 가라앉았다.
>
> 어니스트 헤밍웨이, 《노인과 바다》(문예출판사)

이처럼 헤밍웨이는 짧은 문장을 사용하고, 꾸미는 말 등의 형용사는 최소화했다. 그 결과 정확성과 간결성을 얻을 수 있었다.

댄 브라운 역시 마찬가지다. 전 세계적으로 베스트셀러가 된《다빈치 코드》의 1권을 살펴보자. 그는 아래처럼 군더더기 없는 짧은 문장을 빠르게 서술했다.

> 소피를 따라 플랫폼 쪽으로 걸어가다 보니, 릴리행 승객은 모두 탑승하라는 마지막 안내 방송이 흘러나왔다. 플랫폼은 모두 열여섯 개가 펼쳐져 있었다. 릴리행 열차는 오른쪽의 3번 플랫폼에서 거친 트림 소리와 함께 출발 준비를 하고 있었지만, 소피는 랭던의 팔짱을 낀 채 그 반대 방향으로 걸어가는 것이었다. 이내 플랫폼을 빠져나온 그들은 밤샘 영업을 하는 카페를 지나 역 서쪽의 출입문을 통해 한적한 길거리로 나왔다.
>
> 택시 한 대가 시동을 건 채 대기하고 있었다.
>
> 택시 기사는 소피를 발견하고 전조등을 깜빡였다.
>
> 소피는 주저 없이 택시 뒷좌석에 올라탔고, 랭던도 그 뒤를 따랐다.
>
> 택시가 역 부근을 벗어나자, 소피는 조금 전에 산 기차표를 꺼내 찢어버렸다.
>
> 댄 브라운,《다빈치 코드》1권(문학수첩)

부정확하고 군더더기가 많은 문장이 나오는 이유가 뭘

까? 형용사, 부사, 관형사 등의 미사여구를 남발하기 때문이다. 꾸며주는 말, 곧 수식어가 많을수록 문장의 핵심적인 의미가 모호해진다. 대책은 명사, 동사, 목적어 위주로 산뜻하게 글을 쓰는 것이다. 이렇게 글을 쓰다보면 처음엔 허전함이 느껴질지도 모른다. 하지만 계속 연습하다보면 수식어가 적은 글이 정확하고 간결하다는 걸 체감할 수 있을 것이다.

단문에 한 가지 생각을 담자

글쓰기를 처음 배우는 대학생과 직장인들의 글에서 쉽게 찾아볼 수 있는 것이 치렁치렁한 긴 문장이다. 두세 줄은 기본이고 심지어 네 줄, 다섯 줄까지 이어지는 문장도 있다. 이들은 긴 문장이 더 좋지 않느냐고 볼멘소리를 한다.

"긴 문장이 멋있고, 뭔가 들어 있어 보여서 좋지 않나요?"

결론부터 말씀드리면 아니요다. 길게 쓴다고 더 좋은 문장이 아니며, 특히 글쓰기에 숙련되지 않은 분들에게는 독이 될 수도 있다.

많은 경우 의욕이 앞서 한 문장에 여러 생각을 담는다. 그러나 문장이 길어지면 그만큼 문장 속 오류가 생길 확률도 높아진다. 뿐만 아니라 가독성도 떨어진다. 아래 문장을 한 번 읽어보자.

> 축구부에서 운동하는 초등학생들은 근육 발달이 아직 미완성 단계에 있고, 골격이나 폐, 심장도 불완전한 상태이며, 호기심이 많고 쉽게 싫증을 잘 내는 시기라 흥미를 유발시켜 적절한 강도의 즐거운 운동이 되도록 다양한 프로그램

을 진행하고 있습니다.

어떤가? 의미가 손에 잡히는가? 그렇지 않을 것이다. 주어 "초등학생들"부터 한 자 한 자 읽어가다 보면 이 주어를 받는 마지막 서술어가 어느 것인지 감을 잘 잡을 수가 없다. 주어는 "초등학생들" 하나인데, 서술어는 여러 개다. "~있고", "~상태이며", "~시기라", "~진행하고 있습니다"이다. 특히 "~시기라"와 "~진행하고 있습니다"는 주어 "초등학생들"과 호응이 되지 않는다. 따라서 비문이다. 이처럼 길게 이어진 문장은 의미 파악이 쉽지 않고 비문이 되기도 쉽다.

이 같은 오류를 피하려면 한 문장에 한 가지 생각을 담아내야 한다. 위의 예문을 아래와 같이 고칠 수 있다.

1. 축구부에서 운동하는 초등학생들은 근육 발달이 아직 미완성 단계에 있습니다.
2. 골격이나 폐, 심장도 불완전한 상태이지요.
3. 이 나이는 호기심이 많고 쉽게 싫증을 잘 내는 시기이기도 합니다.
4. 그래서 흥미를 유발시켜 적절한 강도의 즐거운 운동이 되도록 다양한 프로그램을 진행하고 있습니다.

1과 2처럼 단문으로 만드니, 주어와 서술어가 연결되는 게 단박에 눈에 들어오지 않는가? 따라서 의미가 잘 전달된다. 그다음 3의 경우, 새로운 주어 "나이"와 서술어 호응을 위해, "싫증을 잘 내는 시기이기도 합니다"라고 바꾸었다. 4의 문장은 주어가 "초등학생들"이 아니다. 서술어 "~진행하고 있습니다"를 보면, 이 문장의 주어는 축구부 감독과 같은 지도자로 여겨진다. 따라서 앞의 문장에서 따로 떼어내 써야 한다. 또한 매끄러운 연결을 위해 접속어 "그래서"를 넣었다.

피해야 할 문장 유형 둘

소통을 가로막는 대표적인 문장 유형 둘이 있다. 첫 번째는 주어와 서술어의 거리가 먼 문장, 두 번째는 안은문장이다. 글을 통해 타인과 소통하고 자신의 강점을 드러내고자 한다면 이 둘을 반드시 피해야 한다.

첫 번째 사례를 살펴보자. 아래는 대한민국헌법 전문全文의 전문前文이다.

> 유구한 역사와 전통에 빛나는 우리 대한국민은 3·1운동으로 건립된 대한민국임시정부의 법통과 불의에 항거한 4·19 민주이념을 계승하고, 조국의 민주개혁과 평화적 통일의 사명에 입각하여 정의·인도와 동포애로써 민족의 단결을 공고히 하고, 모든 사회적 폐습과 불의를 타파하며, 자율과 조화를 바탕으로 자유민주적 기본질서를 더욱 확고히 하여 정치·경제·사회·문화의 모든 영역에 있어서 각인의 기회를 균등히 하고, 능력을 최고도로 발휘하게 하며, 자유와 권리에 따르는 책임과 의무를 완수하게 하여, 안으로는 국민생활의 균등한 향상을 기하고 밖으로는 항구적인 세계평화와 인류

> 공영에 이바지함으로써 우리들과 우리들의 자손의 안전과 자유와 행복을 영원히 확보할 것을 다짐하면서 1948년 7월 12일에 제정되고 8차에 걸쳐 개정된 헌법을 이제 국회의 의결을 거쳐 국민투표에 의하여 개정한다.
>
> 《대한민국헌법 전문》 중 전문

장장 열네 줄에 이어지는 한 문장이다. 이 글을 끝까지 읽다보면 숨이 턱 막힐 듯하다. 주어는 "대한 국민"인데, 주어와 호응하는 서술어가 맨 끝의 "개정한다"이다. 이처럼 주어와 서술어 사이의 길이가 긴 글일수록 가독성이 떨어진다. 이런 글을 써놓고 누군가와 원활한 소통을 원한다는 건 억지다. 소통을 원하지 않는다면 이렇게 주어와 서술어 사이의 길이가 긴 문장을 써도 좋다. 위의 글은 여러 단문으로 나누어주는 게 좋다.

미국 헌법전문의 전문은 우리나라와 사정이 다르다.

> 우리 미국 인민은 더욱 완벽한 연방을 형성하고, 정의를 확립하며, 국내 안녕을 보장하고, 공동방위를 도모하며, 전 인민의 복리를 증진하고, 우리 현 세대와 후손들에게 자유의 축복을 확보하기 위하여 이 미합중국 헌법을 제정한다.
>
> 《미국헌법 전문》 중 전문

딱 네 줄에 주어 "미국 인민"과 "제정한다"의 서술어가 들어가 있다. 주어와 서술어 사이의 길이가 짧은 만큼 의미가 좀 더 쉽게 와 닿는다.

두 번째, 안은문장에 대해 알아보자. 문장은 크게 홑문장과 겹문장이 있는데, 겹문장은 다시 안은문장과 이어진문장, 둘로 나눌 수 있다. 홑문장은 주어와 서술어가 하나만 나온 문장이며, 겹문장은 주어와 서술어가 두 번 이상 나온 문장이다. 안은문장과 이어진문장의 뜻과 예문을 살펴보자.

●안은문장

홑문장이 절 형식으로 바뀌어 다른 문장 속의 한 성분이 된 겹문장

예 이 책은 내가 읽은 소설 책이다.

●이어진문장

홑문장이 둘 이상 이어져 이루어진 겹문장

예 어제는 하늘도 맑았고 바람도 잠잠했다.

거듭 말하지만 안은문장은 되도록 쓰지 않아야 한다. 예를 들어보자. 아래 1번 문장은 안은문장이 길어서 의미 전

달이 쉽지 않다. 두 번 세 번 읽게 된다. 이 문장 대신에 2번 처럼 두 문장으로 나누어주는 게 좋다.

1. 우리나라는 에너지의 97퍼센트를 수입하고 있기 때문에 중동에서 분쟁이 발생하면 우리 국민은 그대로 당할 수밖에 없는 에너지 안보가 취약한 국가이다.

2. 우리나라는 에너지의 97퍼센트를 수입하고 있기 때문에 에너지 안보가 취약한 국가이다. 중동에서 분쟁이 일어나면 그대로 당할 수밖에 없다.

단어의 의미를 정확히 파악하라

그는 회사 대표에게 결제를 받았다.

위의 문장은 언뜻 보면 아무런 문제가 없는 완벽한 문장같다. 하지만 곰곰이 뜯어보면 "결제"라는 단어가 잘못 쓰인 것을 알 수 있다. 결제의 뜻을 살펴보면 다음과 같다.

1. 일을 처리하여 끝냄.
2. 증권 또는 대금을 주고받아 매매 당사자 사이의 거래 관계를 끝맺는 일.

이 단어 대신에 '결재'를 쓰는 게 맞다. 결재의 뜻은 '아랫사람이 올린 안건을 상관이 헤아려 승인함'이다. 따라서 위의 문장은 이렇게 고쳐야 한다.

그는 회사 대표에게 결재를 받았다.

이처럼, 주위에서 단어를 정확하게 사용하지 못한 경우를 쉽게 접할 수 있다. 단어의 의미를 정확하게 알지 못하기 때문이다. 보통 영어 어휘를 공부할 때는 많은 시간을 들여 의미를 꼼꼼하게 숙지하기 마련인데, 막상 모국어에는 그만한 노고를 들이지 않는 듯하다.

사정이 이렇다보니, 부정확한 단어를 사용한 문장을 남발하는 일이 비일비재하다. 특히, 한자어와 전문 용어의 정확한 의미를 파악하지 못해서 잘못된 문장을 쓰는 경우가 많다. 우리나라의 단어에는 비슷하지만 미묘하게 의미가 다른 한자어가 부지기수다. 대표적인 예를 들어보자.

개발開發 토지나 천연자원 따위를 유용하게 만듦. 지식이나 재능 따위를 발달하게 함.

계발啓發 슬기나 재능, 사상 따위를 일깨워 줌.

발전發展 더 낫고 좋은 상태나 더 높은 단계로 나아감.

발달發達 학문, 기술, 문명, 사회 따위의 현상이 보다 높은 수준에 이름.

조종操縱 비행기나 선박, 자동차 따위의 기계를 다루어 부림.

조정調整 어떤 기준이나 실정에 맞게 정돈함.

보전保全 온전하게 보호하여 유지함.

보존保存 잘 보호하고 간수하여 남김.

제고提高 쳐들어 높임.

재고再考 어떤 일이나 문제 따위에 대하여 다시 생각함.

따라서 단어 하나하나의 의미를 잘 파악해야 올바른 문장을 쓸 수 있다. 그렇다고 이제 막 글쓰기 연습을 시작한 분들에게 '혼동되는 단어 모음집'을 달달 암기하라고 권하고 싶지는 않다. 따로 시간을 내 혼동할 수 있는 유의해야 할 단어들을 모조리 암기하는 건 차마 못 할 일이다. 솔직히 전문 작가인 나 역시 그렇게 하지 않았다.

대신 권하고 싶은 게 있다. 평소 글쓰기를 할 때마다, 자신이 쓴 글에서 단어 하나하나의 의미를 새겨보자. 그리고 알쏭달쏭한 단어가 나올 때면 국어사전을 펼쳐보자. 아래아한글 한컴사전과 함께 네이버 국어사전 등을 놓고 그 의미를 정확히 파악하는 것이다. 한자어의 경우, 반드시 한자를 잘 살펴보고 의미를 파악하자. 이렇게 자신의 글에 조금씩 시간을 갖고 애매한 단어의 뜻을 정확히 숙지하다보면, 올바른 단어를 사용한 문장을 쓸 수 있게 될 것이다.

쉬운 단어를 사용하자

> 우리들이 필요에 의해서 물건을 갖게 되지만, 때로는 그 물건 때문에 적잖이 마음이 쓰이게 된다. 그러니까 무엇인가를 갖는다는 것은 다른 한편 무엇인가에 얽매인다는 뜻이다. 필요에 따라 가졌던 것이 도리어 우리를 부자유하게 얽어맨다고 할 때 주객이 전도되어 우리는 가짐을 당하게 된다. 그러므로 많이 갖고 있다는 것은 흔히 자랑거리로 되어 있지만, 그만큼 많이 얽혀 있다는 측면도 동시에 지니고 있다.
>
> 법정, 《무소유》(범우사)

법정 스님의 글이다. 스님은 한 시대를 풍미했던 명수필가였으며, 그의 글은 남녀노소를 막론하고 전 국민적으로 읽혔다. 법정 스님이 국민 작가가 될 수 있었던 이유 중 하나를 위 발췌문을 보면 알 수 있다. 어려운 한자어를 거의 찾아볼 수 없다는 점이다. "주객", "전도" 이것뿐이다.

법정 스님이 처음부터 쉬운 단어로 글을 쓰셨던 것은 아니다. 계기가 있었다. 스님이 해인사에 계실 때 한 아주머니를 만났는데, 그 아주머니가 물었다.

"스님,《팔만 대장경》이 어디 있습니까?"

법정스님이 방금 보고 내려온 거라고 답하자 아주머니가 말한다.

"아, 그 빨래판 같은 것 말이지요?"

스님은 가슴이 덜컥했다.《팔만 대장경》이 부처님의 힘으로 외적을 물리칠 수 있게 해달라는 간절한 염원으로 만들어졌지만, 한자를 읽을 줄 모르는 중생에게는 의미가 없었기 때문이다.《팔만 대장경》이 박물관 속 골동품으로 전락하고 만 셈이었다.

법정 스님은 한문 경전을 쉬운 한글로 번역하는 일에 발 벗고 나서야겠다고 다짐했다. 이후 그는 쉬운 한글 단어를 사용해 경전뿐 아니라 주옥같은 수필을 많이 남겼다.

연설이나 프레젠테이션에서도 마찬가지다. IT의 황제이자 세기의 명 프레젠터인 스티브 잡스 또한 쉬운 단어를 사용하는 것으로 유명하다. 그는 어려운 단어로 추상적인 이야기를 하는 게 아니라 쉬운 단어로 스토리텔링을 잘 활용했다.

배운 게 많고, 많은 독서를 했기 때문에 어쩔 수 없이 어려운 단어를 자주 쓸 수 밖에 없다고 항변하는 분이 있을 것이다. 어려운 단어를 쓰지 않으면 격이 떨어지지 않겠느냐고 걱정하는 분도 있을 것이다. 그런 분들에게는《쇼생크 탈

출》, 《그린 마일》, 《미저리》 등 전 세계에 3억 권 이상의 판매고를 자랑하는 현존 제1의 베스트셀러 작가인 스티븐 킹의 말을 전해드리고 싶다.

그는 '평발'이라는 평이한 단어를 놔두고 '편평족'이라고 쓰지 말고 또한 '존은 똥을 누었다' 대신에 '존은 생리 현상을 해결했다'고 쓰지 말라고 한다. 대중성과 함께 문학성 두 마리 토끼를 잡은 작가로 인정받고 있는 스티븐 킹은 단호하게 말한다.

> 글쓰기에서 정말 심각한 잘못은 낱말을 화려하게 치장하려고 하는 것으로, 쉬운 낱말을 쓰면 어쩐지 좀 창피해서 굳이 어려운 낱말을 찾는 것이다. 그런 짓은 애완동물에게 야회복을 입히는 것과 마찬가지다.
>
> 스티븐 킹, 《유혹하는 글쓰기》(김영사)

한자어, 외래어, 전문용어가 쓰인 문장의 예를 들고, 이를 쉬운 우리말로 고쳐보겠다. 잘 참고해 글쓰기에 쉬운 우리말을 많이 사용하자.

1. 한자어

단도직입적으로 → **한마디로**

일체의 언급을 피했다. → 아무 말도 하지 않았다.

많은 우려를 표시했다. → 많은 걱정을 했다.

경악을 금치 못했다. → 소스라치게 깜짝 놀랐다.

2. 외래어

가이드라인 → 지침

리포트 → 보고서

써클 → 동아리

패널 → 토론자

3. 한자어와 외래어

세무 회계 프로그램과 연계한 지방소득세 전자 신고를 위한 파일 레이아웃을 위택스에 게재 중이오니 자세한 사항을 알고 싶은 분은 위택스 공지사항을 참고하시기 바랍니다.

→ 세무 회계 프로그램과 연계한 지방소득세 전자 신고를 위한 파일 형식을 위택스에 올려두었으니 자세한 사항을 알고 싶은 분은 공지사항을 참고하시기 바랍니다.

4. 전문용어

담보를 징구하다. → 담보를 받는다.

기산일 → 시작하는 날

대한상의, '미래 SCM 컨퍼런스' 열어 → 대한상의, '미래 공급망 관리 회의' 열어

핫라인 → 직통 전화

소환하고자 → 나오도록 하고자

도선장 → 나루터

클라우딩 펀드 → 투자자들로부터 모은 투자금

틈틈이 어휘를 늘려가자

어떤 사람은 귀에 쏙쏙 들어오게 말을 하는 반면, 어떤 사람은 무슨 말인지 감을 잡을 수 없게 말한다. 이들을 구분 짓는 요소가 무엇일까? 대표적으로 어휘다. 어휘를 풍부하게 아는 사람은 의사를 유창하고도 분명하게 전달할 수 있다. 반면, 아는 어휘가 적은 사람은 부정확하게 말하는 경우가 많다.

글쓰기도 마찬가지다. 사회인으로 살아가면서 다양한 글쓰기를 할 때 막힘없이 하기 위해서는 일정 수 이상의 어휘를 알고 있어야 한다. 만약 그렇지 않을 경우, 대체 무슨 말을 하고자 하는지 글의 내용이 잘 전달되지 못한다.

나는 시에서 소설로 창작 장르를 확장해왔다. 여기서 문제 하나. 시를 쓸 때와 소설을 쓸 때, 어느 쪽이 더 많은 어휘가 요구될까? 다들 잘 짐작할 줄 안다. 당연히 압축적인 운문보다 산문인 소설이 훨씬 많은 어휘를 필요로 한다. 그래서 내가 소설 습작을 본격적으로 할 때 어휘력 부족을 자주 절감했다. 써놓은 글과 다른 소설 작품을 비교해보면 금방 알아차릴 수 있는 부분이었다.

문제는 어휘가 부족하게 되면 그만큼 작품 수준이 떨어진다는 점이다. 소설은 생생하게 다양한 군상의 삶을 예각적으로 그려내는 문학 장르이다. 때문에 구체적인 사물과 자연 현상 그리고 사람의 행동, 심리 등에 대한 어휘를 충분히 갖고 있어야 한다. 하지만 소설 습작 초기에는 그렇지 못했기에 답답했다. 마치, 화가의 손에 물감이 몇 개 쥐어져 있지 않은 것 같았다. 얼마나 표현에 제약이 많겠는가?

그렇다면 나는 어떻게 어휘를 늘려갔을까? 미리 말하지만, 난 한 번도 무슨 무슨 어휘 사전을 집중 공략한 적이 없다. 마음이 불안한 나머지《순우리말 사전》을 사놓기는 했지만 가끔씩 들여다본 것뿐이어서 장식용이 되고 말았다. 스티븐 킹 역시 "어휘력을 키우려고 의식적으로 노력할 필요는 없다"고 하면서 독서만으로 충분하다고 했다.

나는 집중적으로 명소설 작품을 읽어나갔다. 외국어 지문을 읽듯 단어 하나하나를 음미했다. 우수 소설 작품, 신춘문예 작품, 무슨 무슨 문학상 수상집 등을 말이다. 당연히 번역서보다는 우리나라 작품이 어휘력을 향상시키는 데 도움이 많이 되었다.

일반인은 전문 작가와 다르다. 번역서라고 해도 번역이 잘되고 해당 분야에서 인정받은 책이라면 상관없다. 우리나라 작가의 책은 물론 번역서를 자주, 많이 읽는 게 어휘력 향상에 도움이 된다.

따라서, 첫 번째로 어휘력 향상을 위해 권하고 싶은 건 이렇다.

"좋아하는 책 그러면서도 식자들로부터 인정받는 책 몇 권을 집중적으로 반복해 읽으세요. 이런 과정에서 수많은 어휘들이 체화됩니다. 어느 순간 글을 쓸 때 책에서 봤던 어휘들이 쏙쏙 튀어나오는 거죠."

혹시, 이렇게 어휘를 늘려가는 것으로는 부족하다는 분들이 있을지도 모르겠다. 이런 경우는 주로 글쓰기 기초에서 벗어나 중급으로 나아가는 분들로 낱말 하나하나의 미묘한 뉘앙스를 느끼고 있는 경우이다. 이분들에게는 국어사전이 필요하다. 가령, 글을 쓰다가 '희망'이라는 단어를 썼다고 하자. 그런데 자주 쓰던 이 단어 대신 다른 단어를 쓰고 싶다. 그럴 때는 네이버 사전이나 한컴사전 등을 찾으면 된다. 사전에는 유의어와 반의어가 나온다. 유의어 중에서 하나를 선택해보자.

유의어 비전, 희원, 꿈, 염원, 소망, 기망

반의어 절망

일단 사전을 펼쳤다면, 유사어와 반의어 중 몇 개의 의미와 용례를 알아내고 기억해둔다. 이런 식으로 어휘를 늘려가면 식상한 단어를 남발하는 일이 적어진다. 그때그때마다 자신의 의사를 충실히 담은 단어를 구사할 수 있다.

따라서 두 번째로 어휘력 향상을 위해 권하고 싶은 건 이렇다.

"사전의 도움을 받으세요. 글을 쓸 때마다 틈틈이 네이버 국어사전이나 한컴사전 등을 놓고, 낱말 공부를 하세요. 그러다보면 낱말을 익히는 재미를 얻을 수 있으며 저절로 아는 어휘가 많아지게 됩니다."

접속어 사용을 자제하자

> 어제 과음을 해서 늦게 일어났다. 그래서 오늘 열 시에 만나기로 한 여친과의 약속을 못 지켰다. 그러나 그녀가 화를 내지 않아서 다행이었다. 그런데 여친의 눈치를 보니 조금씩 걱정이 되었다.

위의 문장을 보면 어떤 점이 눈에 거슬리는가? 간결한 네 개의 문장은 딱히 나무랄 데가 없다. 다만, 문장과 문장을 연결하는 접속어가 많은 게 문제다. "그래서", "그러나", "그런데" 네 문장에 무려 세 개의 접속어가 들어 있다. 접속어가 많다고 비문은 아니다.

그러나 접속어가 많다는 건 문장력이 떨어진다는 것을 말한다. 글쓰기에 능숙하지 않은 사람들을 보면 접속어를 남발하는 경우가 많다. '그리고', '그래서', '그러나'를 자주 찾아볼 수 있다. 위의 문장은 일단 아래처럼 고칠 필요가 있다.

> 어제 과음을 해서 늦게 일어났다. 그래서 오늘 열 시에 만나기로 한 여친과의 약속을 못 지켰다. 그녀가 화를 내지 않아

서 다행이었다. 여친의 눈치를 보니 조금씩 걱정이 되었다.

"그래서"는 인과 관계를 나타내는 접속어다. 인과 관계를 알려주는 접속어는 꼭 필요하기에 살려둔다. 그다음 "그러나", "그런데"는 생략해도 된다. "그러나", "그런데"는 이어지는 문장에서 흐름을 끊는 역할을 하기 때문에 꼭 필요한 경우가 아니면 안 쓰는 게 좋다. 연달아 사용하는 건 더더욱 좋지 않다.

그런데 문제가 있다. "그녀가 화를 내지 않아서 다행이었다. 여친의 눈치를 보니 조금씩 걱정이 되었다." 이 두 문장이 매끄럽게 연결되지 않는다. 접속어 "그런데"를 빼버렸기 때문이다. 이럴 경우에는 두 문장을 하나로 만들면, 도드라지게 "그런데"를 쓰는 것보다 낫다.

그녀가 화를 내지 않아서 다행이었지만 눈치를 보니 조금씩 걱정이 되었다.

이렇게 해서 위의 문장은 최종적으로 아래와 같이 고칠 수 있다. 훨씬 문장력 있어 보이지 않는가?

어제 과음을 해서 늦게 일어났다. 그래서 오늘 열 시에 만나기로 한 여친과의 약속을 못 지켰다. 그녀가 화를 내지 않아서 다행이었지만 눈치를 보니 조금씩 걱정이 되었다.

접속어 남발을 피할 수 있는 요령은 퇴고 과정에서 꼭 필요한 접속어만 두고 나머지를 생략하면 된다. 가령 종이 한 장에 글을 썼다고 하자. 우선 부분적으로 살펴보면서, 위의 경우처럼 한곳에 접속어가 몰려 있다면 필요한 것만 살리자. 그다음은 전체적으로 훑어보며 접속어가 어느 정도 있는지 파악한 후, 많다고 여겨지면 또다시 일부를 생략하면 된다.

전 문화부장관이자 비평가 이어령 씨 역시《한국의 명문》에서 명문장을 쓰기 위해서는 접속어 사용을 자제해야 한다고 말한다.

> 참으로 기량이 있는 상 목수는 못질을 하지 않는다. 못 하나 박지 않고 집 한 채를 짓는다. 억지로 못질을 하여 나무를 잇는 것이 아니라 서로 아귀를 맞추어 균형과 조화로 구조물을 만들어가고 있기 때문이다. 문장과 문장을 이어가는 기술도 마찬가지이다. 서툰 글일수록 '그리고, 그래서, 그러나'와 같은 접속사의 못으로 글을 이어간다. 그런 글을 읽다

보면 못을 박는 망치 소리처럼 귀에 거슬리게 된다. 잘 다듬어진 글의 이미지와 리듬은 인위적으로 접속사를 붙이지 않아도 자석처럼 서로 끌어당기고 어울려서 자연스럽게 이어진다. 글의 앞머리만이 아니다. 글을 맺는 종지형도 마찬가지이다. 서툰 글일수록 '것이다'로 끝맺는 일이 많다. 한 글에 '것이다'를 몇 번 썼는가, '그리고', '그러나'와 같은 접속사를 얼마나 썼는가 하는 기계적인 통계만으로도 악문惡文과 명문名文을 구별해 낼 수 있다.

이어령, 《한국의 명문》(월간조선사)

번역 투 문장 사용을 절제하자

무라카미 하루키는 자신의 에세이《직업으로서의 소설가》에서 처녀작《바람의 노래를 들어라》의 번역 투 문장이 지닌 장점을 밝히고 있다. 쓸데없이 어려운 말을 하지 않아도 된다는 점과 사람들이 감탄할 만한 표현을 일부러 쓰지 않아도 된다는 점이 그것이다.

실제로 하루키는 영어로 쓴 소설을 다시 일본어로 고쳤다고 한다. 이렇게 해서, 전 세계인으로부터 사랑받는 개성적인 문체가 탄생했다.

하지만 몇몇 사람들은 외국어 번역 투 문장을 비정상으로 보고 글에서 없애야 한다고 주장한다. 번역 투 문장을 많이 사용하면 글이 잡스럽게 되어 우리말에서 겨레의 넋이 떠나버린다고 말하는 이들도 있다.

이는 매우 극단적이다. 나는 다른 견해를 가지고 있다. 하루키의 경우처럼 번역 투 문장은 얼마든지 의미 있게 인정받을 수 있다고 본다. 우리나라의 뛰어난 작가들 중에도 번역 투를 문학적 문체로 승화시킨 사례가 적지 않다. 다만 지나친 번역 투 문장의 남발은 피해야 한다고 본다.

우선, 모르고 쓰는 번역 투에는 어떤 것이 있는지 알 필요가 있다. 유의해야 할 영어, 일어 번역 투 스물다섯 가지를 소개한다. 이를 잘 숙지해, 개성 있는 번역 투 문장은 살리되 문법적으로 틀린 번역 투 문장은 사용을 피하도록 하자.

1. ~에 의해

이 소설책은 그 출판사에 의해 발간되었다.

→ 이 소설책은 그 출판사에서 발간했다.

2. ~을 갖다

올해, 브라질은 올림픽 대회를 갖는다.

→ 올해, 브라질은 올림픽 대회를 연다.

3. ~을(를) 필요로 한다

이 고양이는 많은 관심과 보살핌을 필요로 한다.

→ 이 고양이는 많은 관심과 보살핌이 필요하다.

4. 아무리 ~해도 ~하지 않다

불조심은 아무리 강조해도 지나치지 않다.

→ 불조심은 이루 말할 수 없을 정도로 중요하다.

5. ~ㅁ에 틀림없다

그가 훔친 것임에 틀림없다.

→ 그가 훔친 것이 분명하다.

6. ~와(과) 함께

그는 취업과 함께 결혼을 했다.

→ 그는 취업을 하면서 결혼을 했다.

7. ~한 관계로

건강이 안 좋은 관계로

→ 건강이 안 좋아서

8. ~로부터

어머니로부터 용돈을 받았다.

→ 어머니께 용돈을 받았다.

9. ~통해

이 창구를 통해 서류를 제출했다.

→ 이 창구에 서류를 제출했다.

10. ~에도 불구하고

노력했음에도 불구하고 낙방했다.

→ 노력했지만 결국 낙방했다.

11. ~에 대하여, ~에 대한

정부는 일본 수상의 발언에 대하여 비난하지 않았다.

→ 정부는 일본 수상의 발언을 비난하지 않았다.

12. ~로 인하여

수출 악화로 인하여 국가 경제 사정이 좋지 않았다.

→ 수출 악화로 국가 경제 사정이 좋지 않았다.

13. ~에 비하여

올해 성적은 작년에 비하여 떨어졌다.

→ 올해 성적은 작년보다 떨어졌다.

14. ~에(데) 있어

이것은 사는 데 있어 가장 중요한 음식이다.

→ 이것은 사는 데 가장 중요한 음식이다.

15. ~하는 중이다

그 둘은 사랑하는 중이다.

→그 둘은 사랑하고 있다.

16. ~하기 위해

취직하기 위해 열심히 공부했다.

→취직하려고 열심히 공부했다.

17. ~에 위치하고 있다

그 회사는 마포구에 위치해 있다.

→그 회사는 마포구에 있다.

18. (어떠한 신체 및 심리)을(를) 가지고

그는 긴장감을 가지고 걸어갔다.

→그는 긴장하며 걸어갔다.

19. ~의 그것

우리말은 미국의 그것보다 우수하다.

→우리말은 미국의 말보다 우수하다.

20. ~하게 만들다

그를 웃기게 만들었다.

→그를 웃게 했다.

21. ~하게 된다

최선을 다하게 되었다.

→최선을 다했다.

22. ~에의

한국 축구 대표 선수단의 2018 러시아 월드컵에의 출전

→한국 축구 대표 선수단의 2018 러시아 월드컵 출전

23. 가장 ~중 하나

이 빌딩은 한국에서 가장 높은 건축물 중 하나이다.

→이 빌딩은 한국에서 최상위권 높이에 속한다.

24. 과도한 대명사

찬호는 S전자에 다닌다. 그는 언제나 열심히 일하며, 그의 일에 그는 책임을 다한다.

→찬호는 S전자에 다닌다. 그는 언제나 열심히 일하며 자신의 일에 책임을 다한다.

25. 물주구문(사람이 아닌 것이 주어가 되어 있는 구문)

의견을 일치시키려는 노력과 그에 대한 기대는 즐거움을 주었다.

→ 의견을 일치하려는 노력과 의견을 일치시킬 수 있을 것이
라는 기대로 즐거웠다.

세 가지 호응을 유의하라

이제 막 글쓰기 연습을 시작하는 사람의 글에서는 비문을 자주 찾아볼 수 있다. 비문은 보통 문장 호응이 잘되지 않아서 생긴다. '호응'의 뜻은 '앞에 어떤 말이 오면 거기에 응하는 말이 따라옴'이다.

'결코'가 앞에 쓰였다면 '~아니다', '~하지 않았다' 같은 부정 서술어가 따라와야 한다. 또한 '제발'이 앞에 쓰이면 서술어에 청원하는 말이, '아마'가 오면 서술어에 추측하는 말이 와야 한다.

예를 들면 '나는 결코 집에 갔다'가 돼서는 안 되고 '나는 결코 집에 안 갔다'가 되어야 한다. 또한 '제발 그 일이 잘되었다'가 아니라 '제발 그 일이 잘되길 바랐다'가 되어야 하며, '아마 그는 집에 갔다'가 아니라 '아마 그는 집에 갔을 것이다'가 되어야 한다.

문장을 될수록 짧게 하고, 단어 하나하나의 쓰임새를 분석하는 눈을 키운다면 호응 관계를 놓치는 일이 적어질 것이다. 비문 되는 걸 유의해야 할 호응관계 세 가지는 다음과 같다. 이를 잘 숙지하자.

1. 주술 호응

2. 목술 호응

3. 부술 호응

첫 번째 주술 호응은 주어와 서술어의 호응을 말한다. 앞에서 말했듯 이를 잘 지키지 못하는 이유는 보통 글쓰기의 기초가 탄탄하지 않은 상태에서 긴 문장을 쓰기 때문이다. 주술 호응이 지켜지지 않아 생긴 비문과 바르게 고친 문장을 살펴보자.

> 요즘 정치인을 보고 느끼는 것은 청렴하게 정치를 하지 않는다.
>
> → **요즘 정치인을 보면 청렴하게 정치를 하지 않는다는 느낌이 든다.**

> 모 신문에 의하면 그의 애독서가 무라카미 하루키의 《상실의 시대》와 요시모토 바나나의 《키친》이며, 알랭 드 보통의 연애소설들을 애독한다.
>
> → **모 신문에 의하면 그의 애독서는 무라카미 하루키의 《상실의 시대》, 요시모토 바나나의 《키친》, 알랭 드 보통의 연애소설들이라고 한다.**

그런데 중요한 것은 스포츠 선수가 결과에 연연해서는 안 된다.

→ 그런데 중요한 것은 스포츠 선수가 결과에 연연해서는 안 된다는 점이다.

두 번째 목술 호응은 목적어와 서술어의 호응을 말한다. 특정 목적어에 반드시 따라와야 하는 타동사와 서술어가 있고, 또 특정 타동사와 서술어가 있으면 그에 따라와야 하는 목적어가 있어야 한다. 비문과 이를 바르게 고친 문장을 살펴보자.

나는 드라마가 보고 싶다.

→ 나는 드라마를 보고 싶다.

고장 난 컴퓨터를 수리를 시작했다.

→ 고장 난 컴퓨터 수리를 시작했다.

교육 인적자원부는 개개인의 차이를 인정하고, 발전시키는 교육을 해야 한다.

→ 교육 인적자원부는 개개인의 차이를 인정하고, 재능을 발전시키는 교육을 해야 한다.

세 번째 부술 호응은 부사와 서술어의 호응을 말한다. '결코', '아마도', '비록'처럼 특정한 부사에 반드시 따라오는 서술어가 있다. 비문과 바르게 고친 문장을 살펴보자.

왜냐하면 그는 진실을 알지 못했다.

→ 왜냐하면 그는 진실을 알지 못했기 때문이다.

모름지기 그는 손해배상을 했다.

→ 모름지기 그는 손해배상을 해야 했다.

아마도 그는 내일 온다.

→ 아마도 그는 내일 올 것이다.

끌리는 명문장 맛보기

• 그날은 눈이 왔다. 눈은 거창했다. 운동장가에 서 있는 벚나무들이 안 보일 정도로 눈이 자욱하게 내리다가, 눈송이가 점점 줄어들어 뚝 그치는가 싶으면 또 주먹만한 눈송이가 천천히 내리다가 하늘 가득 내렸다. 내리는 게 아니고 퍼부었다. 운동장은 금세 눈으로 가득했다. 아이들의 정강이가 넘을 정도로 쌓였다. 교실 난롯불은 한없이 따뜻했고, 눈은 계속 내렸다. 눈 속에 묻히고 갇혀 공부를 하고 있는 것 같았다. 학교 지붕 위로는 일곱 개의 연통에서 하얀 연기가 올라가고, 학교는 아늑했다. 점심을 먹고 5교시가 되자 우리는 눈싸움을 하자고 졸랐다. 선생님은 쉽게 그러자고 하시며 우리를 데리고 운동장으로 나갔다. 날씨는 포근했다. 산과 들은 하얗게 아늑했고, 운동장가에 있는 벚나무 가지마다 눈들이 가득 쌓여 마치 벚꽃이 피어 있는 것처럼 보였다. 그래도 눈은 내렸다. 가는 눈송이가 내리다가 점점 큰 눈송이로 바뀌는 순간은 우리에게 그야말로 환희였다. 우리를 청군 백군으로 나누어 싸우게 하고, 선생님은 교실로 들어가셨다.

김용택, 《살구꽃이 피는 마을》(문학동네)

《살구꽃이 피는 마을》은 작가가 나고 자란 섬진강 마을 사람들의 이야기를 감성적으로 그린 산문이다. 아름다운 자연 풍광 속에서 살아가는 보통 사람들의 희로애락이 가슴을 뭉클하게 만든다. 이 이야기는 다음의 생각거리를 던져준다. 도시 지향적인 삶이 바람직한가? 문명의 혜택 없이 살아가는 게 의미가 있는가? 우리의 옛 공동체에서 전해지는 '정'을 보존할 수 있는가?

《살구꽃이 피는 마을》의 발췌문은 산문시처럼 감성적으로 눈 오는 시골 초등학교 풍경을 그리고 있다. 또한 시인이 쓴 글이기에 문장 하나하나가 정갈하고, 물 흐르듯이 술술 읽힌다. 시의 문장이 왜 아름다운지를 잘 보여준다. 맨 마지막 "우리들을 청군백군으로 나누어 싸우게 하고, 선생님은 교실로 들어가셨다"는 시적인 문장이다. 아래처럼 행갈이를 하면, 두 행의 시나 마찬가지다.

우리들을 청군백군으로 나누어 싸우게 하고,
선생님은 교실로 들어가셨다.

이를 산문적으로 쓴다면 이렇게 될 것이다.

선생님은 우리들을 청군백군으로 나누어 싸우게 하고 교실로 들어가셨다.

• • '미美'자는 '양羊' '대大'의 회의로서 양이 크다는 뜻이다. 우리의 선조들은 큼직한 양을 보고 느낀 감정을 그렇게 나타낸 것이다. 그 고기를 먹고 그 털을 입는 양은 당시의 물질적 생활의 기본이었으며, 양이 커서 생활이 풍족해질 때의 그 푼푼한 마음이 곧 미였고 아름다움이었다. 이처럼 모든 미는 생활의 표현이며 구체적 현실의 정서적 정돈이다. 그러므로 우리의 생활 바깥에서 미를 찾을 수는 없다. 더욱이 생활의 임자인 인간의 미에 있어서는 더욱 그렇다. 용모나 각선 등 조형상의 구도만으로 인간의 아름다움을 판단할 수 없음은 마치 공간을 피해서 달아나가거나 시간을 떠나 존재하거나, 쉽게 말해서 밑바닥이 없는 구두를 생각할 수 없음과 마찬가지이다. 그러므로 너는 먼저 그녀의 생활목표의 소재를 확인하고 그 생활의 자세를 관찰하며 나아가 너의 그것들과 비교해보아야 할 것이다. 사랑이란 서로 같은 곳을 바라보는 것이다.

신영복, 《감옥으로부터의 사색》(돌베개)

저자는 1968년 통혁당 사건으로 무기 징역을 받았던 신영복 선생이다. 이 책은 20년 20일 동안의 옥중 생활 속에서 친지들과 주고받은 서간을 엮은 에세이다. 죽음의 공포 속에서 그려진 일상과 가족에 대한 통찰이 영롱하게 빛난다. 《감옥으로부터의 사색》은 다음의 생각거리를 던져준다. 1968년 통혁당 사건의 진실은 무엇인가? 민주화 투사로 살아가는 건 어떤 의미가 있는가? 현재 우리의 삶은 얼마나 소중한 것인가?

이 책의 발췌문은 한자 풀이를 통해 인문학적인 통찰을 보여주고 있다. 이처럼 좋은 글일수록 자신만의 독특한 생각이 살아나 있다. 맨 앞줄은 《유홍준의 미학 에세이》에도 나오는 내용이다. 윗글은 독서를 통해 얻은 지식을 날것으로 인용하는 것에 그치지 않았다. 생각의 항아리에서 오래도록 삭혀서 생겨났다.

윗글에서 주목할 곳은 "~것이다"이다. 이런 표현은 글을 딱딱하게 만든다. 권위주의적인 뉘앙스를 풍기기 때문이다. 따라서 꼭 필요한 곳에서만 써야 한다. 윗글에서는 '~것이다'가 적절하게 세 곳에 쓰였다.

3장

한 줄의 문장을 바르게 쓰기 위하여

연결 어미와 접속어로 문장 연결하기

"첫 문장은 어떻게 해서든 쓸 수 있는데 그다음 문장을 쓰기가 너무 힘들어요."

글쓰기 지도를 할 때 자주 접하는 수강생들의 고민이다. 정확하고 간결한 첫 문장을 쓰기란 쉽지 않다. 겨우 첫 문장이라는 난관을 극복해도 그다음 문장이 문제다. 마치 광활한 사막에 혼자 내동댕이쳐진 기분마저 든다. 두려움이 엄습해오지만 막상 어느 방향으로 걸어가야 할지 전혀 감을 잡지 못한다.

이처럼, 한 문장을 잇는 다음 문장을 어떻게 써야 할지 모르는 사람들이 적지 않다. 글쓰기에 숙련되지 않은 이들은 더더욱 그렇다. 따라서 특별한 노하우가 필요하다. 여기에서는 연결 어미와 접속어를 사용해 문장을 연결하는 요령을 소개한다.

첫 번째는 연결 어미 사용하기다. 완성한 문장 끝부분에 연결 어미를 붙이면 다음 문장을 쓰기 쉽다. 이를 통해 홑문장과 홑문장을 연결해 이어진문장 하나를 만들 수 있다. 가령, '아침에 비가 왔다'라고 쓰면 다음 문장을 쓰기가 막막할 수 있다. 그런데 문장 끝에 인과 관계의 연결 어미 '~어(아)서'를 넣으면 저절로 다음 문장을 쓸 수 있다.

아침에 비가 와서 우산을 들고 밖으로 나왔다.

이렇듯 한 문장이 끝나갈 즈음, 그 문장 끝에 연결 어미를 붙이자. 그러면 자연스럽게 다음 문장을 쓸 수 있다. 기억해 둘 연결 어미는 열두 가지이다.

●연결 어미 열두 가지

1. 나열 관계 접속어미: 고, ~(으)며, ~면서, 거니와

예 그는 공부를 잘하면서 운동도 잘한다.

2. 선택 관계 접속어미: ~거나, ~든지, ~나

예 드라마를 보든지 영화를 보자.

3. 대립 관계 접속어미: ~(으)나, ~아(어)도, ~지만, 나마, ~건만, ~련만

예 나는 축구를 좋아하건만, 그녀는 야구를 좋아한다.

4. 조건 관계 접속어미: ~면, ~거든, ~던들, ~ㄹ진대

예 쪽잠을 잔들, 피로가 풀리겠나?

5. 양보 관계 접속어미: ~아도, ~더라도, ~ㄹ지라도, ~ㄴ들, ~ㄹ지언정, ~ㄹ망정

예 감기에 걸릴지언정 축구를 하겠다.

6. 인과 관계 접속어미: ~아(어)서, ~니까, ~(으)므로, ~느라고

예 그 선수는 최선을 다했으므로, 후회가 없다.

7. 시간 관계 접속어미: ~며, ~면서, ~고, ~고서, ~아(어)서, ~자, ~자마자

예 그녀는 아침에 일어나자마자 우유를 마셨다.

8. 상황 관계 접속어미: ~는데, ~니까

예 나는 어제 극장에 갔는데, 거기서 우연히 친구를 만났다.

9. 부가 관계 접속어미: ~되

예 그녀는 나와 사귀되 결혼은 원치 않는다.

10. 전환 관계 접속어미: ~다가

[예] 스마트폰을 보며 걷다가 행인과 부딪혔다.

11. 목적 관계 접속어미: ~러, ~려고, ~고자

[예] 나는 취직을 하려고 열심히 공부했다.

12. 결과 관계 접속어미: ~게, ~도록, ~게끔

[예] 나는 고양이가 잠에서 깨지 않게끔 주의했다.

두 번째, 접속어 사용하기다. 한 문장을 완성해 마침표를 찍었을 때 접속어를 사용하면 다음 문장을 쓰기 쉽다. 예를 들어, '북한이 5차 핵실험을 했다'를 썼을 경우, 인과 관계 접속어 '그래서'를 써보자. 그러면 다음 문장을 어렵지 않게 쓸 수 있다. 이런 식이다.

북한이 5차 핵실험을 했다. 그래서 한반도에 긴장이 고조되었다.

이처럼 접속어를 적절히 사용하면 막힘없이 문장을 연결해나갈 수 있다. 단, 앞서 말했듯이 지나치게 많은 접속어는 피해야 한다. 글쓰기에 미숙한 분들은 우선 수시로 접속어

를 사용해 문장을 연결한 후, 퇴고 과정에서 접속어를 생략해야 한다. 기억해둘 접속어는 여덟 가지이다.

● 접속어 여덟 가지

1. 순접 관계 접속어: 그리고, 그래서, 이와 같이, 이리하여, 그리하여

예 그는 연달아 취업 시험에서 낙방했다. 그래서 마음에 상처가 생겼다.

2. 역접 관계 접속어: 그러나, 그렇지만, 그래도, 하지만, 반면에

예 그녀는 야구를 좋아했다. 하지만 나는 축구를 좋아했다.

3. 인과 관계 접속어: 그러므로, 그래서, 따라서, 왜냐하면

예 그는 요즘 얼굴이 환했다. 왜냐하면 9급 공무원 시험에 합격했기 때문이다.

4. 예시 관계 접속어: 예컨대, 예를 들어, 가령

예 스포츠에는 여러 종류가 있다. 예를 들어 축구, 야구, 농구, 배구 등등.

5. 첨가 관계 접속어: 그리고, 뿐만 아니라, 더구나, 또(한), 게다가, 덧붙여, 더욱

예 그녀는 아름답다. 뿐만 아니라 공부를 아주 잘한다.

6. 전환 관계 접속어: 그런데, 한편, 그러면, 아무튼, 그러면, 여기에, 다음으로

예 그는 공부하러 집 근처 카페에 들렀다. 그런데 그곳은 소음이 너무 심했다.

7. 대등 관계 접속어: 그리고, 및, 한편

예 주로 컨디션이 좋지 않을 때, 공부에 집중이 되지 않을 때, 그리고 비가 올 때, 나는 집 근처 휘트니스 센터를 방문했다.

8. 환원 관계 접속어: 요컨대, 즉, 곧, 바꾸어 말하면, 따라서, 다시 말하면

예 그는 공부를 잘할 뿐 아니라 운동 신경이 좋고, 언변도 뛰어났다. 요컨대 그는 팔방미인이다.

지시어와 다른 표현으로 문장 연결하기

> 습관은 사람을 변화시키는 힘이야. **그** 힘을 처음 경험한 사람은 **그것**이 영원히 자신과 함께할 거라고 생각하지. 하지만 얼마 지나지 않아 **그것**은 뜨거운 열정과 지속적인 노력으로 뒷받침해줘야 한다는 걸 깨닫게 된단다.

모두 세 개의 문장이다. 첫 문장 이후 두 번째 문장과 세 번째 문장을 어떻게 연결했는지 굵은 표시를 통해 살펴보자. 그렇다. 두 번째, 세 번째 문장은 지시어를 사용해 연결했다. 이처럼, 지시어를 사용하는 것이 문장을 연결하는 요령의 하나이다.

여기에서는 문장을 연결하는 요령으로 지시어와 다른 표현법을 살펴보자.

첫 번째, 지시어 사용하기. 대표적으로 이, 그, 저 등을 들 수 있다. 이것은 앞 문장에서 언급한 것을 짧은 말로 지시해서 똑같은 말을 불필요하게 반복하는 것을 방지하는 역할을 한다. 물론, 능숙하게 글쓰기를 할 수 있는 사람이라면 지시어를 절제할 줄 안다. 접속어처럼 꼭 필요한 경우에만 사용한다. 하지만 글쓰기 입문자는 지시어를 사용해서 문장을 쑥쑥 연결해나갈 필요가 있다. 그러고 나서 퇴고할 때 뺄 수 있는 것은 빼도록 하자.

지시어를 사용해 문장을 연결한 예문을 보자.

> 개의 후각 능력은 인간의 10만 배에 이른다. 영국 건강보험에서는 냄새로 암을 찾는 개를 사용해 암 검진을 하는데 전립선암 환자의 93퍼센트를 선별해냈다. **이** 개는 기존 검사법보다 높은 암 발견율을 보였다.

두 번째, 다른 표현 사용하기. 대표적으로 유의어, 동의어를 사용해 앞 문장의 단어와 중복을 피한 문장을 쓸 수 있다. 예를 들어보자. '선생님은 사람들로부터 존경받고 있다'라는 문장을 썼다면, 그다음 문장에는 '선생님'을 유사한 표현으로 바꾸자. 가령 '교육자'를 사용할 수 있다. 이렇게 해서 두 문장을 다음과 같이 연결할 수 있다.

> 선생님은 사람들로부터 존경받고 있다. 내가 교육자가 되고 싶은 이유다.

따라서, 평소 유의어와 동의어를 많이 아는 게 중요하다. 그렇다고 관련 책을 사다놓고 통째로 암기하려는 짓은 하지 않아도 된다. 글을 쓰다가 한 문장을 쓰고 나서 다음 문장을 쓸 때, 그 문장에서 중요한 단어를 네이버 사전, 한컴사전 등으로 검색하자. 거기에서 한 단어를 선택해서 사용하면 된다.

가령, '용기'라는 단어가 들어간 한 문장을 썼다고 하자. 그러면 '용기'를 검색하자. 사전에는 관련 어휘로 이런 단어들이 나온다.

기백, 의기, 기개, 담력

이 단어 중 하나를 다음 문장에서 쓰면 된다. 그렇다고 너무 다른 단어를 많이 사용하면 글의 집중력이 떨어질 수 있으니, 몇 개의 단어만 선택해서 변화감을 주면서 사용하자. '용기'의 경우, 위의 관련 어휘 가운데 한두 단어를 선택해 변주하면서 사용하자. 아래의 예를 참고하자.

그는 10년에 걸친 역경을 용기로 극복했다. 나는 그에게서 용기를 본받는다.

→ 그는 10년에 걸친 역경을 용기로 극복했다. 나는 그에게서 기백을 본받는다.

앞 말을 받아서 문장 연결하기

스위스 - 스타 - 타일 - 일본 - 본색 -

색시 - 시간 - 간척지 - 지진 - 진도

끝말잇기다. 문장 연결하기도 끝말잇기처럼 할 수 있다면 얼마나 좋을까? 그렇다면 문장 연결하기는 식은 죽 먹기가 될 거다. 다행스럽게도, 문장 연결을 끝말잇기처럼 할 수 있는 방법이 있다.

먼저, 끝말로 받기다. 앞 문장에 나온 끝말을 다음 문장에서 그대로 받아서 쓰는 방법이다. 앞 문장이 '~사랑이다'로 끝나면, 다음 문장에 '사랑'을 받아서 '~사랑은 ~희망을 준다'로 연결하면 된다. 다시 다음 문장은 앞의 '희망'을 받아서 '~희망은 ~가치이다'로 연결하면 되고, 또다시 다음 문장은 '가치'를 받아서 '~가치를 ~'이라는 한 문장을 쓰면 된다.

아래의 예문을 보자. "자존감" - "자아 효능감" - "배려" - "칭찬과 격려" 이런 식으로 끝말이 매끄럽게 연결되어 있다.

요즘, 청소년에게 필요한 건 자존감이다. 청소년이 자존감

> 을 가지려면 어떤 일을 잘해낼 수 있다는 믿음 곧, 자아 효능감이 필요하다. 청소년의 자아 효능감을 위해서는 학부모의 배려가 중요하다. 배려라고 해서 대단한 건 없고 다만 평소에 칭찬과 격려를 자주 해주는 것으로 족하다. 칭찬과 격려를 통해 청소년의 자존감이 쑥쑥 자라난다.

다음은 '명사화하여 받기'다. 앞 문장의 일부를 명사화하여 다음 문장에서 받아서 쓰는 방법이다. '이번에 대통령이 내놓은 것은 대대적으로 검찰을 개혁하는 방안이다'라는 앞 문장이 있다면, 다음 문장에 앞 문장의 '대대적으로 검찰을 개혁하는 방안'을 '대대적인 검찰 개혁 방안'으로 명사화하여 사용한다. '하지만 보수 언론에서는 대대적인 검찰 개혁 방안이 오히려 역효과를 불러일으킨다고 주장했다.' 정리하면 다음 두 문장이 된다.

> 이번에 대통령이 내놓은 것은 대대적으로 검찰을 개혁하는 방안이다. 하지만 보수 언론에서는 대대적인 검찰 개혁 방안이 오히려 역효과를 불러일으킨다고 주장했다.

이상 앞말을 받아서 문장 연결하기 요령은 끝말 연결하기와 명사화 연결하기 두 개다. 이 두 요령은 《한국의 이공계는 글쓰기가 두렵다》에서 참고했음을 밝힌다. 끝으로 지금까지 제3장에서 소개한 문장 연결하기 요령 여섯 가지를 정리할까 한다. 잘 숙지하기 바란다.

▼ 문장 연결하기 요령 여섯 가지

1. 연결 어미 사용하기
2. 접속어 사용하기
3. 지시어 사용하기
4. 다른 표현 사용하기
5. 끝말로 받기
6. 명사화하여 받기

불필요한 중복 표현을 걸러내자

1. 그는 노벨문학상을 수상했다.

2. 나는 말로 형언할 수 없다.

3. 나는 그 이유 때문에 운동을 한다.

이 세 문장은 얼핏 아무런 이상이 없는 듯하다. 하지만 자세히 들여다보면 문제를 발견할 수 있다. 1번 문장은 "노벨문학상"에 "상"의 뜻이 들어 있는데, 다시 "수상" 곧 '상을 받다'고 했기 때문에 동어 반복이 되었다. 풀어서 쓰면 이렇다. '그는 노벨문학상을 상을 받았다.' 이렇듯 한 문장에 '상'을 두 번이나 불필요하게 반복한 것이다. 이 문장은 '그는 노벨문학상을 받았다.'로 고쳐야 한다.

2번 문장은 "말"과 "형언"에서의 "언言"이 동어 반복되었기에 잘못됐다. 이는 '나는 말로 이루 표현할 수 없다.'로 고쳐야 한다.

3번 문장은 "이유"와 "때문에"가 동어 반복되었는데 '나는 그 때문에 운동을 한다.'로 고쳐야 한다.

이렇듯 우리말은 한자어와 순우리말을 혼용하다 보니, 한

자어에 이미 들어 있는 말을 또다시 순우리말로 동어 반복하는 경우가 비일비재하다. 예를 들면 다음과 같다.

떨어지는 낙숫물, 매일마다, 역전 앞, 20여 평 남짓, 공감을 느끼다, 지나가는 과객, 천천히 서행, 아픈 고통, 다시 재생, 필요한 요건, 남은 여생, 좋은 호기, 어려운 난제, 착석한 자리, 가루 분

꼼꼼히 들여다보면 왜 동어 반복인지를 알 수 있다. 가령, "떨어지는 낙숫물"은 "떨어지는"과 "낙숫물"의 "낙落"이 동어 반복이다. 매일마다의 경우 "매일"의 "매每"가 '마다'의 뜻을 가지고 있다. 20여 평 남짓은 "여餘"가 남짓과 중복이 되었다. "공감을 느끼다"는 "공감"에 "감感"이 들어 있어서 중복됐다.

이외에도 중복 표현의 유형은 많다. 아래를 살펴보자.

1. 흔히 말하는 이른바 신자유주의
2. 철수와 그리고 영수, 나 또는 영수
3. 그는 차를 주차시킨다.
4. 그 문제는 시급히 해결해야 할 문제이다.
5. 이번 타자는 삼번 타자 이승엽이다.

6. 그녀는 독수공방을 지킨다.

7. 그는 히트를 쳤다.

8. 그는 발짓으로, 손짓으로 자신의 의사를 표현했다.

9. 골목에 있는 카페 화단 위에 앉아 있는 길 고양이

1번은 "말하는"과 "이른바"가, 2번은 "와", "그리고"가 중복이다. 3번 문장은 "차"와 "주차"의 '차'가 반복이므로 '그는 주차시킨다'로 하는 게 맞다. 4번은 한 문장에 "문제"가 두 번 나왔으므로 한 개를 빼야 한다. 5번도 마찬가지다. "타자"가 두 번 나왔는데 한 번만 써야 한다. 6번은 "독수공방"의 "수守"의 의미가 중복 표현됐다. 7번은 "히트"가 곧 '치다'이기 때문에 동어 반복을 했다. 8번은 "으로"가, 9번은 "있는"이 불필요하게 반복되었다.

전문 작가도 심심치 않게 중복 표현을 쓰는 경우가 있다. 엄청난 분량의 원고를 쓰다보니 때때로 놓치기 때문이다. 따라서 자신이 쓴 글을 앞에 놓고, 두 눈을 크게 뜬 채 몇 번이고 반복해서 체크를 해야 한다. 그래야 중복 표현을 피할 수 있다.

단어와 구절을 대등하게 나열하라

그는 이번 겨울에 프랑스와 미국, 일본 그리고 런던을 여행한다.

위 문장에서 어색한 곳은 어디일까? 자세히 살펴보자. 그가 여행할 곳으로 프랑스, 미국, 일본 같은 국가 이름이 나왔는데 맨 마지막에만 수도명이 나왔다. 따라서 마지막 단어가 어색하다. 앞의 세 단어가 나라명이므로 마지막에도 나라 이름이 와야 한다.

이처럼 단어를 나열할 때는 대등하게 써야 한다. 글쓰기 초심자들이 많이 하는 이런 실수를 하지 않으려면, 우선 긴 문장을 쓰지 않아야 한다. 긴 문장을 쓰다보면 단어와 구절의 대등성을 놓치기 쉽기 때문이다. 그다음은 평소 자신의 글을 주의 깊게 분석하면서 어느 곳이 잘못되었는지 확인하는 습관을 가져야 한다. 예를 더 들어보자.

그는 미국에서 태어나서 자랐기 때문에 미국 문화와 영어 발음이 뛰어나다.

→ 그는 미국에서 태어나서 자랐기 때문에 미국 문화를 잘 알고 영어 발음이 뛰어나다.

그때 그는 빈틈없는 시간 관리와 나날이 증가하는 통장 잔고를 확인하는 일이 매우 기뻤다.
→ 그때 그는 빈틈없는 시간 관리를 했으며, 나날이 증가하는 통장 잔고를 확인하는 일에서 기쁨을 느꼈다.

그는 음식이 건강에 미치는 영향이 크다는 사실과 바쁜 일상을 살아가는 직장인에게 알맞은 식단을 직접 관리해주고자 했다.
→ 그는 음식이 건강에 미치는 영향이 크다는 사실을 알았기 때문에 바쁜 일상을 살아가는 직장인에게 알맞은 식단을 직접 관리해주고자 했다.

상투적인 표현을 하지 마라

엄격하신 아버지와 자상한 어머니 사이에서 태어나…….

인사담당자들이 하나같이 지적하는 자기소개서의 상투적인 표현이다. 어디선가 많이 접해본 듯한 문구와 표현은 답답하고 지겨운 느낌을 준다. 더 이상 글을 읽을 필요성을 못 느끼게 한다. 당연히 감점 요소로 작용한다.

음악 오디션 프로그램 〈K팝 스타〉에서 한 지원자가 모 유명 가수와 흡사하게 노래를 불렀다고 하자. 음색, 목소리 톤, 감정 등 모든 면에서 비슷했다. 그러면, 심사위원은 어떤 평가를 내릴까? 이런 말이 나올 게 뻔하다.

"기성세대의 노래와 비슷할 뿐 자기만의 개성이 없어요. 식상합니다. 우리는 기존의 것과 다른 참신한 걸 원해요."

글을 쓰는 시간을 자주 갖고, 또 그러면서 생각하는 시간을 많이 가져야 비로소 자기만의 글이 나온다. 그런 글이 다소 서툴더라도 읽는 사람에게 진한 여운을 남기는 법이다.

비유도 빼놓을 수 없다. 글 쓰는 사람은 제법 신경 써서 멋있게 치장을 한답시고 비유를 하지만 안 하느니만 못 한 경우가 많다. 예를 들어보자.

앵두 같은 입술

사과 같은 내 얼굴

닭똥 같은 눈물

천사 같은 그녀

백마 탄 왕자님

가슴이 찢어지는 듯한 아픔

하늘이 무너지는 듯한 슬픔

식상한 비유는 하지 말아야 한다. 이런 비유 대신 직접 느낀 감정을 자신만의 언어로 표현해내야 한다. 그리 쉬운 일은 아니다. 많은 시간 글쓰기에 투자해야 한다. 때문에 우선 상투적 비유를 삼가는 게 바람직하다. 차차 글쓰기 실력이 늘어감에 따라 자신만의 비유를 하면 된다.

편지 쓰듯 쓰자

"특정 대상을 염두에 두고 편지 쓰듯이 글을 쓰세요. 그러면 술술 자연스럽게 글이 나옵니다."

이제 막 글쓰기를 시작하는 분들에게 자주 전하는 조언이다. 글쓰기 연습을 제대로 해보겠다고 글쓰기 책을 읽고, 글쓰기 강의를 듣지만, 막상 컴퓨터에 아래아한글을 펼쳐놓으면 머릿속이 백짓장처럼 하얘지는 경우가 많다. 여러 글쓰기 공식과 노하우를 갖고 있지만 무엇도 도움이 되지 않을 때가 있다.

왜 그럴까? 글을 자연스럽게 쓸 수 있는 몸 상태가 되어 있지 않기 때문이다. 글쓰기는 공장에서 물건을 생산하듯 정해진 틀에 시간을 투자하기만 하면 일정 분량이 척척 만들어지는 것이 아니다. 글쓰기는 창조적인 일이다. 바이올리니스트가 좋은 연주를 하려면 감성이 충만한 상태가 되어야 한다. 그래야 관객의 가슴을 울리는 명연주를 선보일 수 있다. 글쓰기 또한 감성이 충만한 상태가 되어야 한다.

누구나 편한 상대에게 편지를 쓸 때 감성 돋는 상태가 되어본 경험을 갖고 있을 것이다. 이상하게도 다른 글은 첫 문장부터 막혀 시간을 허비하곤 했지만 편지 글은 술술 막힘 없이 나왔을 것이다. 편지 글은 특정 대상을 염두에 두고 자유롭게 대화하듯 쓰기 때문이다. 친구, 연인, 형제자매, 선후배에게 자신의 속마음을 평소 말투로 꾸밈없이 드러내기 때문에 편지 글은 다른 글보다 쓰기 쉽다.

불멸의 화가 고흐는 동생 테오와 편지를 자주 교환했다. 그는 일기를 쓰듯 자신의 생활과 생각, 예술관을 고스란히 편지에 담았다. 테오라는 동생을 염두에 둔 편지 쓰기가 없었더라면 어쩌면 고흐가 남긴 글은 지금보다 훨씬 적지 않았을까?

끌리는 명문장 맛보기

• **본래무일물**

사람은 태어나면서부터 물건과 인연을 맺는다. 물건 없이 우리들의 일상생활은 이루어질 수 없다. 인간을 가리켜 만물의 영장이라 하는 것도 물건과의 상관관계를 말하고 있는 것이다.

내면적인 욕구가 물건과 원만한 조화를 이루고 있을 때 사람들은 느긋한 기지개를 켠다. 동시에 우리들이 겪는 어떤 성질의 고통은 이 물건으로 인해서임은 더 말할 것도 없다. 그중에서도 더욱 고통스러운 것은 물건 자체에서보다도 그것에 대한 소유 관념 때문이다.

자기가 아끼던 물건을 도둑맞았거나 잃어버렸을 때 그는 괴로워한다. 소유 관념이란 게 얼마나 지독한 집착인 걸 비로소 체험하는 것이다. 그래서 대개의 사람들은 물건을 잃으면 마음까지 잃는 이중의 손해를 치르게 된다. 이런 경우 집착의 얽힘에서 벗어나 한 생각 돌이키는 회심回心의 작업은 정신 위생상 마땅히 있음직한 일이다.

법정, 《무소유》(범우사)

《무소유》는 소소한 일상 속의 체험을 통해 얻어낸 삶에 대한 지혜로 가득한 수필집이다. 더 많이 가지려고 할수록 아픔과 고통이 생긴다고 하는 스님의 육성이 들리는 듯하다. 이 책은 다음의 생각거리를 던져준다. 우리 사회의 시스템으로서 자본주의 말고 다른 대안이 없는가? 수행자의 삶은 어떤 의미가 있는가? 무소유의 삶을 영위하는 게 가능한가?

앞 장의 발췌문은 스님의 평소 철칙대로 쉽게 쓰였다. 한자어를 최대한 절제함으로써 얻어진 간결한 문장의 맛을 잘 보여준다. 특히, 두 번째 문단에서 "~ 사람들은 느긋한 기지개를 켠다"는 쉬우면서도 감각적이다. 어렵고 추상적으로 쓴다면 '~사람들은 정신적 여유를 얻는다'가 될 것이다. 어려운 표현 대신 일상에서 나온 표현이 얼마나 좋은지를 잘 보여준다.

인용문의 소제목인 본래무일물本來無一物의 뜻은 '본래 하나의 물건도 없다'이다. 이 불교 철학을 통해서도 다시금 글이 간결해야 함을 확인할 수 있다. 본래, 삼라만상이 공空이기 때문에 글 또한 가을 하늘처럼 티 없이 맑아야 하지 않을까?

•• 아내가 채식을 시작하기 전까지 나는 그녀가 특별한 사람이라고 생각한 적이 없었다. 솔직히 말하자면, 아내를 처음 만났을 때 끌리지도 않았다. 크지도 작지도 않은 키, 길

지도 짧지도 않은 단발머리, 각질이 일어난 노르스름한 피부, 외꺼풀 눈에 약간 튀어나온 광대뼈, 개성 있어 보이는 것을 두려워하는 듯한 무채색의 옷차림, 가장 단순한 디자인의 검은 구두를 신고 그녀는 내가 기다리는 테이블로 다가왔다. 빠르지도, 느리지도, 힘 있지도, 가냘프지도 않는 걸음걸이로.

내가 그녀와 결혼한 것은, 그녀에게 특별한 매력이 없는 것과 같이 특별한 단점도 없어 보였기 때문이었다. 신선함이나 재치, 세련된 면을 찾아볼 수 없는 그녀의 무난한 성격이 나에게는 편안했다. 굳이 그녀의 마음을 사로잡기 위해 박식한 척할 필요가 없었고, 약속 시간에 늦을까 봐 허둥대지 않아도 되었으며, 패션 카탈로그에 나오는 남자들과 스스로를 비교해 위축될 까닭도 없었다. 이십대 중반부터 나오기 시작한 아랫배, 노력해도 근육이 붙지 않는 가느다란 다리와 팔뚝, 남모를 열등감의 원인이었던 작은 성기까지, 그녀에게는 그다지 신경 쓰이지 않았다.

한강, 《채식주의자》(창비)

《채식주의자》는 세 편의 소설로 된 연작 소설이다. 이야기를 관통하는 것은 어린 시절의 트라우마로 인해 점점 육식을 거부하여 나무가 되어간다고 생각하는 여성이다. 내면의 고통과 식물적 상상력의 연결을 잘 보여주고 있다. 이 책은 다음의 생각거리를 던져준다. 채식주의자로 살아갈 수 있는가? 이성의 한계를 넘어선 신화의 세계는 현재 우리 삶에 어떤 영향을 미치는가? 이 소설은 어떤 점에서 세계적인 문학상을 받을 수 있었을까?

앞 장의 발췌문은 소설의 도입부로서 앞으로 전개될 이야기의 단서를 제시하고 있다. 나직한 목소리가 들리는 듯해 한눈을 팔지 못하게 한다. 특히 쉼표 사용이 많은데, 이를 통해 소설가가 원래 시인이었다는 걸 알아챌 수 있다. 다음 문장이 그 예다.

> 빠르지도, 느리지도, 힘 있지도, 가냘프지도 않는 걸음걸이로.
>
> 내가 그녀와 결혼한 것은, 그녀에게~

쉼표가 없는 글은 밋밋하다. 글을 쓰면서 글을 자꾸 곱씹다 보면 어느 순간 호흡에 맞추어 쉼표가 생기게 된다.

4장

만인을 사로잡는 탄탄한 문장 기술

아는 만큼 잘 쓸 수 있다

지즉위진간知則爲眞看: 아는 만큼 보인다.

유홍준 교수의 《나의 문화유산답사기》 1권의 머리말에 나오는 말이다. 조선 시대 문장가 유한준의 글 "지즉위진애 애즉위진간知則爲眞愛 愛則爲眞看 看則畜之而非徒畜也: 알면 참으로 사랑하게 되고 사랑하면 곧 참으로 보인다"에서 따온 말이다. 그의 말처럼, 세계적인 유적 앞에 있어도 배경 지식과 감상할 수 있는 안목이 결여되면 답사의 의미가 없을 것이다. 문화유산에 대한 지식이 갖추어져야, 제대로 된 답사도 가능하게 된다.

이 말은 글쓰기에도 적용된다. 어떤 문장이 좋은 문장인지 그리고 이유가 무엇인지를 알아야 비로소 좋은 문장을 쓸 수 있다. 글을 잘 쓰지 못하는 사람들은 지知가 결여되었기 때문이라 봐도 무방하리라. 때문에, 다음과 같은 말이 성립한다.

지즉위진필知則爲眞筆: 아는 만큼 제대로 쓸 수 있다.

본 책은 글쓰기의 기초를 알려주기 위해 쓰였다. 글쓰기의 기초가 약한 사람들은 공통적으로 어떤 글이 좋은지 감별할 능력이 부족하다. 문학 작품과 비문학 작품을 통틀어 글에 대한 관심과 애정이 적은 경우가 많기 때문이다.

어떤 글을 접했을 때, 이 글의 저자가 누구이고 이 글은 어떤 사상과 배경을 가지고 쓰였으며 관련 분야에서 어떤 평가를 받는다는 걸 파악할 수 있어야 한다. 그래야 그 글의 가치를 알아보고 가짜 글들 사이에서 진품 글을 가려낼 수 있다. 안타깝게도 많은 사람들이 지나치게 어렵고 현학적인 글을 대단한 것으로 착각하거나, 시간 죽이기 용으로 쓰인 글을 대단하게 여기는 경우가 많다.

전자의 경우, 일부 대학 국문과 작문 교재에 실린 '묵직한 글'이 대표적인 예다. 한자투성이에 답답하고 도무지 단박에 이해가 되지 않으며 읽는 맛을 느낄 수 없는 글이다. 이런 류의 글은 읽고 지나가는 것으로 족하다. 후자의 경우, 웹소설이나 무협지류의 글이다. 이런 글을 심심풀이로 읽는 것까지는 괜찮다. 하지만 글쓰기의 모델로 삼아서는 안 된다.

그러면 어떻게 해야 할까? 평소 문학작품이나 경제경영서, 자기계발서 등 모든 분야를 망라해 좋은 글에 대한 관심을 가져야 한다. 우선 자신의 관심사에서부터 책을 읽고 관련된 배경 지식을 쌓아가면서 어떤 글이 왜 뛰어난지를 알 수 있어야 한다. 그래야 제대로 글을 쓸 수 있다.

제대로 글을 쓰는 데 참고할 수 있는 글 두 편을 소개한다. 잘 살펴보고, 글에 대한 지知가 얼마나 중요한지를 체감하기 바란다.

우선, 졸저《1등의 책쓰기 습관》에 나오는 글이다. 이 글은 본 저자가 20여 년간 다수의 작품을 집필하는 과정에서 터득한 기획 노하우를 소개하고 있다. 실제로 나는 매일같이 책상에 앉아 기획거리를 낚고 있다. 독학으로 20여 년 매일같이 해왔기에 누구보다 기획에 자신이 있다. 이런 배경 지식에서 다음 글을 읽으면 울림이 적지 않으리라.

> 신문은 무엇을 쓸 것인가에 대한 아이디어를 준다. 신문은 공짜로 좋은 기획거리를 낚을 수 있는 어장이나 마찬가지다. 따라서 책을 쓰고자 하는 분은 분명한 목적의식을 갖고 평소 자신이 관심을 갖고 있는 내용의 기사를 싣는 신문 여러 종을 꾸준히 봐야 한다. 이게 습관이 되면, 매일 아침 15분에서 30분간 10여 종의 신문을 빠르게 죽 훑어볼 수 있다. 그 짧은 시간 동안 정말 보석 같은 기획거리를 포착할 수 있다.
>
> 고수유,《1등의 책쓰기 습관》(마인드북스)

다음은 졸저 《법정 스님으로부터 무소유를 읽다》에 나오는 글이다. 스님이 차를 마시는 모습을 그린 대목이다. 본 작가가 20여 년간 명상 수행을 해왔기에 막힘없이 쓸 수 있었던 글이다. 이런 저자에 대한 정보를 접하고 글을 읽으면, 차를 마시며 선과 합일하는 스님의 모습이 군더더기 없이 잘 그려졌음이 잘 와 닿을 줄 안다. 더욱이 시간을 갖고 곱씹어 보면, 시적인 감흥마저 생기리라.

> 그는 실눈을 뜬 채로 차의 맛과 향을 더듬어갔다. 그러면서 참선을 하듯 호흡을 이어갔다. 점차 내가 차를 마시는 것인지, 차가 나를 마시는 것인지 구별이 되지 않았다. 깊은 호흡이 거듭되자 자신과 차의 구분도 사라져갔다. 온전히 하나였다.
>
> 이로써 그는 다선일미茶禪一味의 경지에 다다랐다.
>
> 고수유, 《법정 스님으로부터 무소유를 읽다》(씽크스마트)

시에서 얻을 수 있는 것들

습작기 시절, 많은 작가들이 시집을 탐독한다. 나 또한 그랬다. 시를 쓰기 위해 시집을 읽었지만 결과적으로 소설 문장에 많은 도움을 받았다. 시의 언어는 산문 언어 이상의 가치가 있기 때문이다. 개인적으로 많은 영향을 받은 시집들이 있다. 허나 여기서 일일이 밝히는 건 큰 도움이 되지 않는다고 본다.

대신에 시 모음집 읽기를 추천한다. 시중에는 무슨 무슨 한국 명시 모음집이 수도 없이 많이 나와 있다. 그 가운데, 자기 취향에 맞는 걸 골라 틈틈이 읽기를 권하고 싶다. 유명한 작가가 좋다고 추천한 시집도 개인적으로는 구미에 안 맞을 수 있기 때문이다. 우선, 쉽고 감성적으로 와 닿는 시집부터 한 권 한 권 읽어나가는 게 좋다.

대학생 시절, 나는 클래식 음악을 자주 들었다. 제대로 된 문학도가 되기 위해선 순도 높은 클래식 음악도 잘 알아야 한다고 생각했기 때문이다. 그래서 대학교의 클래식 음악실을 들락거렸다. 하지만 몇몇 감성적이며 대중적인 곡 말고는 와 닿지 않았다. 잠이 솔솔 왔다.

글쓰기 초심자들도 마찬가지다. 문장력 향상에 시 읽기가 좋다고 해서 지나치게 어려운 시집을 보는 건 아무런 소득이 없다. 시를 읽으면 가슴에 감흥이 일어나야 한다. 그러기 위해선 자신에게 편하게 와 닿는 시집부터 읽는 게 필요하다. 범접하기 어렵다고 느껴지는 시집들은 차라리 피하는 게 낫다. 차차 시 읽기에 재미를 들여가면서 시집 수를 늘려가고 또 그런 과정에서 수준을 조금씩 높여가면 된다.

그러면, 시집을 읽는 것을 통해 얻을 수 있는 것에는 어떤 것들이 있을까? 대표적으로 세 가지를 들 수 있다.

첫 번째는 절제된 표현력을 얻을 수 있다. 산문 언어로는 세 문장, 네 문장이 필요한 것이 시의 언어로는 딱 한 구절이면 족하다. 시의 언어는 압축적으로 매우 정교하다. 대체로 A4 한 장 분량의 시에 모든 것을 다 담아야 하기 때문에 불필요한 말이 들어갈 틈이 없다. 시인은 한 단어, 한 행을 쓰기 위해 몇 날 며칠 동안 불면의 밤을 지새운다. 그런 끝에 얻어진 언어는 순도가 높다.

철학자 박이문은 "시는 근본적으로 역설적인 언어"라고 하면서 그 이유를 "시는 궁극적으로 언어를 통해서 언어로부터 해방되려는, 언어를 씀으로써 언어를 사용하지 않는 언어가 되려는 불가능하고 모순된 노력에 지나지 않기 때문"이라고 말했다.

두 번째는 리듬감을 체화할 수 있다. 뛰어난 문장가들은 문장에 자기만의 리듬이 있다. 리듬이 도드라진 경우도 있으며, 리듬이 살짝 드러나는 경우도 있다. 어느 쪽이든 리듬 있는 문장은 독자에게 글을 읽는 맛을 준다. 그래서 리듬 있는 문장은 가독성이 높다.

대표적으로 이문열 소설가의 베스트셀러 《삼국지》의 문장이 그렇다. 유비에 대한 노식의 생각을 예로 들어보자.

두 번째 문장의 "않았지만"이 네 번째 문장의 "않았지만"에서 반복되어 리듬감이 있다.

> 배움에 있어서도 마찬가지였다. 남다른 재주가 있는 것 같지도 않고, 그렇다고 힘써 서책에 매달리는 것 같지도 않았지만 대강을 이해하는 데는 누구보다 빨랐다. 거기다가 더욱 알 수 없는 것은 사람과의 사귐이었다. 보일 듯 말 듯한 온화한 미소뿐 지나치리만큼 말수가 적고, 움직임에도 애써 남의 비위를 맞추려 들려는 흔적이 보이지 않았지만, 그의 주위에는 언제나 그와 사귀기를 원하는 동문들이 몰려 있었다.
>
> 이문열, 《삼국지》 1권(민음사)

세 번째는 비유 능력을 기를 수 있다. 시를 통해 절절하게 파고드는 비유를 많이 접하면, 자신도 모르게 비유를 잘 쓸 수 있는 능력이 생겨날 것이다. 백 마디 말보다 한 번의 비유가 힘이 세기 때문에, 적절한 경우에 비유를 사용하면 화룡점정처럼 효과는 배가 될 것이다.

김기림의 〈유리창〉을 보며 보석처럼 반짝이는 비유를 느껴보자.

여보
내 마음은 유린가 봐, 겨울 한울처럼
이처럼 작은 한숨에도 흐려 버리니……

만지면 무쇠같이 굳은 체하더니
하로밤 찬 서리에도 금이 갔구료

눈포래 부는 날은 소리치고 우오
밤이 물러간 뒤면 온 뺨에 눈물이 어리오

타지 못하는 정열, 박쥐들의 등대
밤마다 날어가는 별들이 부러워 쳐다보며 밝히오

여보
내 마음은 유린가 봐

달빛에도 이렇게 부서지니

김기림, 〈유리창〉, 《바다와 나비》

입 말투가 경쟁력이다

"앞으로 10년 뒤 뭘로 먹고사나?"

몇 년 전 삼성 이건희 회장이 한 말이다. 이 말은 삼성 핸드폰이 전 세계적으로 불티나게 팔리고 있을 때 나왔다. 세계적인 기업의 총수는 뭐가 달라도 크게 다르지 않은가? 이렇듯 선견지명을 놓치지 않는 회장이니 역시나 반도체에서 핸드폰으로 수출품목을 잘 갈아타는 데 성공한 거다. 좀 잘나간다 하는 한국의 1,000여 대기업의 회장들은 당장의 이익에 만족하거나, 잘해야 몇 년 앞만 내다보는 게 현실이다. 그런데 삼성 이건희 회장은 현재의 패러다임에 안주하지 않았다. 요즘처럼 빠르게 변하는 시대는 앞으로 10년 뒤를 내다보는 미래학적 사고방식이 요구된다.

김원기, 《부자클럽의 100억짜리 주식레슨》(한국경제신문)

2009년, 화제가 된 주식 책에 나온 글이다. 주식 책은 하나같이 딱딱하고 지루하기 마련인데 보시다시피 가독성이 뛰어나다. 경영 이야기일 뿐이지만, 제법 잘 읽히지 않는가?

이처럼 가독성이 있는 이유는 입 말투에 있다. 입 말투는 글 말투, 곧 문어 투와 달리 일상에서 흔히 사용하는 대화 말투를 말한다. 이런 말투의 문장은 읽는 사람을 편하게 해서 내용을 잘 전달한다. 선뜻 내 말을 이해하지 못할 독자를 배려하는 의미로 위의 글을 글 말투로 고쳐본다. 서로 비교해 보면, 왜 입 말투가 좋은지 알 수 있을 것이다.

> "앞으로 10년 뒤 무엇으로 먹고살 것인가?"
> 몇 년 전 삼성 이건희 회장이 삼성 핸드폰이 전 세계적으로 불티나게 팔리고 있을 때 한 말이다. 모름지기 세계적인 기업 총수는 국내의 여느 회장들과 크게 다르다. 이렇듯 선견지명을 견지하는 회장이기 때문에 반도체에서 핸드폰으로 수출품목을 잘 갈아타는 데 성공한 것이다. 규모가 큰 한국의 1,000여 대기업의 회장들은 당장의 수익에 만족하거나, 잘해야 몇 년 앞만 내다보는 것이 현실이다. 그런데 삼성 이건희 회장은 현재의 패러다임에 안주하지 않았다. 요즘처럼 급변하는 시대는 앞으로 10년 뒤를 내다보는 미래학적 사고방식이 요구된다고 하겠다.

이렇듯 차이를 느낄 수 있다. 때문에, 가능한 많은 대중과 글로 소통하고자 하는 분은 친근한 입 말투를 사용하는 게 좋다. 베스트셀러 《설민석의 조선왕조실록》과 《지적 대화를 위한 넓고 얕은 지식》의 공통점 역시 입 말투에 있다. 앞의 책이 뒤의 책보다 더 본격적으로 입 말투를 활용했다. 이 두 책은 저자가 다른 매체에서 이미 인기를 끌기도 했지만 옆에서 조곤조곤 이야기를 들려주는 듯한 입 말투 때문에 더 많은 독자를 사로잡았다.《설민석의 조선왕조실록》의 일부를 살펴보자.

> 자, 그럼 조선왕조실록은 어떻게 만들어졌을까요. 왕이 생존했을 때 만들어지지 않고 승하하고 난 뒤에 편찬이 시작되지요. 조선시대 역사 기록을 담당하는 관청을 뭐라고 할까요? 맞습니다. 바로 춘추관이라고 불러요.
>
> 설민석,《설민석의 조선왕조실록》(세계사)

문제는 글쓰기 초보자들이 입 말투를 쓰는 게 쉽지 않다는 데 있다. 초보자일수록 시키지 않아도 딱딱한 글 말투를 써내기 일쑤다. 그래서 글쓰기 초보자에게 입 말투로 글쓰기 하는 비결을 알려드릴까 한다.

간단하다. 특정 인물을 앞에 두고 조곤조곤 대화하듯이, 혹은 그에게 편지를 쓰듯이 적는 것이다. 예를 들면, 20대 여성에 대한 글을 쓸 경우, 실제 자신이 아는 20대 여대생 한 명을 앞에 두고 격의 없이 자연스럽게 대화한다는 자세로 쓰면 된다. 아니면, 그 학생에게 편지를 쓰는 것처럼 진솔하고 정감 있게 한 자 한 자 써가면 된다. 이게 습관이 되어야, 자신이 쓰고자 하는 걸 입 말투로 술술 써내려갈 수 있다.

속으로 소리 내 읽으면서 글을 쓰자

"왜 이렇게 군더더기가 많아?"

지도 교수가 학생의 석사 논문에 나온 권필의 한시 번역문을 지적했다. 일례를 들면, 이런 식이었다.

> 공산목락우소소空山木落雨蕭蕭
> 텅 빈 산에 나뭇잎은 떨어지고 비는 부슬부슬 내리는데

지도 교수가 위의 시 번역문을 놓고, "텅 빈"을 '빈'으로, "떨어지고"를 '지고'로, "부슬부슬 내리는데"를 '내리는데'로 수정을 요구했다. 이대로 고쳤더니 훨씬 간결한 글이 됐다.

> 빈 산에 나뭇잎은 지고 비는 내리는데

《한시 미학 산책》으로 유명한 정민 교수의 석사학위 과정 때 이야기다. 그는 이처럼 꼼꼼한 글쓰기를 지도받은 계기로 간결한 글쓰기의 정석을 보여주게 됐다. 위에서 보듯이, 간결한 문장을 만들기 위해서는 근사해 보이는 형용사, 부

사를 보태지 말고 빼야 한다. 그는 글이 짧으면 속도감이 생기므로 반드시 문장을 짧게 써야 한다고 말한다.

글쓰기 초보자들의 경우 형용사, 부사를 빼기만 해도 문장이 훨씬 명료해진다. 그렇다면, 어떻게 해야 군더더기를 잘 뺄 수 있을까? 좋은 방법이 음독이다. 자신이 쓴 문장을 몇 번이고 곱씹어 읽다보면, 거추장스러운 표현이 눈에 들어오게 된다. 거품 표현은 쉽게 찾아낼 수 없기 때문에 자신이 쓴 문장을 반복해서 음독하는 습관을 가져야 한다. 이 과정에서 정민 교수의 예처럼, 간결한 문장을 쓸 수 있다.

그의 간결한 문장을 엿보자.

> 다산은 말한다. 목표를 세워 전체 규모를 장악해야 한다. 목표는 하루 단위로 쪼개 확실하게 실천해라. 달성하지 못할 목표는 세워서는 안 된다. 작업의 방향을 정하고, 전체 작업량을 예상한 후, 가능한 일자를 가늠하면 하루에 해야 할 일의 분량이 나온다. 이것을 흔들림 없이 밀고 나가야 한다. 차질 없이 밀어붙여야 한다.
>
> 정민, 《다산선생 지식경영법》(김영사)

음독이 주는 또 다른 효과는 문장에 리듬을 준다는 것이다. 알게 모르게 잘 읽히고 빨려 들어가는 책은 문장에 리듬이 있는 경우가 많다. 리듬 있는 문장은 자꾸 곱씹게 되고, 소리 내어 읽는 즐거움을 준다. 앞서 인용한 유려한 문장은 한시를 비롯해 수백여 권의 시집을 탐독해 몸에 밴 가락을 바탕으로, 음독하면서 문장을 써서 얻어진 것이다. 정민 교수는 좋은 글은 글의 리듬이 읽는 것을 간섭하지 않는다고 하면서, 음독을 강조한다.

"소리를 내어 읽을 때 자연스러워야 그 리듬이 살아 있고 내용도 전달이 잘된다."

논리성을 빼먹지 마라

> 저는 보수적인 아버지와 자애로운 어머니 슬하에서 자랐기 때문에 강함과 부드러움을 가지고 있습니다.

흔히 접할 수 있는 문장이다. 얼핏 보면, 정상적인 문장으로 보인다. 하지만 그렇지 않다. 무엇이 문제일까? 그렇다. 논리가 잘못된 거다. "보수적인 아버지"와 "자애로운 어머니" 밑에서 자랐다고 해서 "강함과 부드러움"을 갖는 필연성은 없기 때문이다.

예를 들어 '나는 운동선수 부모님 슬하에서 자랐기에 체스 게임을 잘했다.'는 문장의 경우, 내가 운동선수 부모님 밑에서 자란 것과 체스 게임을 잘하는 것은 아무런 연관성이 없다. 따라서 이 문장은 논리적인 오류를 갖고 있다. 예문을 살펴보자.

> 그는 사람들 앞에 설 수 있는 기회를 자주 가짐으로써 책임감 있는 사회인이 되고자 했다.
>
> ⇨ 사람들 앞에 서는 것과 책임감 있는 것은 연관성이 떨어진다.

그는 장남이기 때문에 책임감이 강해서 늘 친구들을 돌보고 챙겨주었다.

⇨ 장남이라고 해서 책임감이 강하다는 건 설득력이 부족하다.

내가 의료 경영 분야에 진출하고 싶은 이유는 의료체계는 발전하고 있지만 병원 경영은 아직도 전문 경영인이 아닌 의료인의 주먹구구식 경영에서 벗어나지 못했기 때문이다.

⇨ 의료인의 경영이 주먹구구식이라는 것에 근거가 부족하다.

감기로 하루 종일 말을 못 하는 동안 난감한 상황에 대답을 피할 수 있었고 필요 없는 말을 줄일 수 있어서 말의 소중함과 침묵의 중요성을 배웠다.

⇨ 감기로 인해 대답을 피하고 필요 없는 말을 줄이는 것과 말의 소중함, 침묵의 중요성과의 연관성이 없다.

롤 모델 작가를 선정하자

가수 지망생은 자기가 좋아하는 가수의 노래를 죽어라고 부른다. 좋아서 부르기도 하지만 노래 실력을 더 향상시키기 위해 부른다. 노래 실력을 늘리기 위해선 흠모하는 가수의 노래를 따라 부르는 게 좋은 방법이 될 수 있다. 꾸준히 반복 훈련하다 보면 어느 순간 롤 모델 가수의 노래와 비슷하게 부를 수 있게 된다. 그때부터는 자신의 개성을 담은 노래를 부르는 단계로 나아갈 수 있다.

글쓰기도 마찬가지다. 아무런 기초가 없는데 처음부터 자신의 문장을 잘 쓸 수 없다. 우선, 좋아하는 작가를 선정하고, 그의 문장을 반복해서 베껴 쓰기를 해야 한다. 소설, 시, 여행 에세이 등 관심 분야에서 좋아하는 작가를 정하고 그의 문장 흉내 내기를 반복 훈련하는 게 필요하다.

나는 습작기 시절 프랑스의 철학자 장 그르니에를 흠모했다. 장 그르니에의 대표작《섬》은 흔히 프랑스의 3대 미문으로 알려져 있다. 나는 그 작품을 속으로 몇 번이고 곱씹으면서 음미했고 한글 파일에 수없이 필사를 했다. 문장을 변형해 한두 줄, 한두 단락 써보기도 했다. 이 과정에서 그의 감성적인 문제가 서서히 체화되었다. 또한 계속해서 수백 페이지 분량의 습작을 해나가자, 서서히 나만의 개성적인 문장이 생겨나기 시작했다.

여기에서는 글쓰기 초심자를 위해 대중적인 프리드리히 막스 뮐러의 《독일인의 사랑》을 소개한다. 이 소설은 여덟 개의 회상으로 구성이 되어 있다. 병약한 소녀와 청년의 순수한 사랑이 작가 특유의 신비로운 문체로 아름답게 그려졌다. 사춘기 시절에 독서를 좀 했다는 사람치고 이 소설을 모르는 분이 없을 정도로 널리 읽히고 있다. 이 예문을 곱씹고 음미하면서 필사해보자.

> 어린 시절은 그 나름의 비밀과 경이로움을 갖고 있다. 하지만 누가 그것들을 이야기로 엮을 수 있으며, 누가 그것을 해석할 수 있을까? 우리는 모두 이 고요한 경이의 숲을 방황하여 빠져나왔다. 우리는 모두 한때 모든 감각이 마비된 행복감에 젖어 눈을 떴으며, 삶의 아름다운 현실이 우리의 영혼 위로 넘쳐흘렀었다. 그때 우리는, 우리가 어디에 있는지, 우리가 과연 누구인지를 몰랐었다. 그때는 온 세계가 우리 것이었으며, 우리 자신이 온 세계에 속해 있었다. 그것은 일종의 영원한 삶이었다. 시작도 끝도 없는, 정체와 고통도 없는. 우리의 마음속은 봄날 하늘처럼 맑았고 오랑캐꽃 향

기처럼 신선했었다. 일요일 아침처럼 고요하고 성스러웠다. 그런데 무엇이 나타나 이처럼 신성한 어린이의 평온을 방해하는 것일까? 어찌하여 이 같은 무의식과 지순(至純)의 현존이 종식을 고할 수밖에 없는가? 무엇이 우리를 이처럼 완전하고 편재하는 행복감에서 몰아내어, 우리로 하여금 느닷없이 어두운 생의 한가운데 외롭게 홀로 서게 하는가?

막스 뮐러, 《독일인의 사랑》(문예출판사)

자기만의 문장을 갖기 위해서는 어떻게 하냐고? 앞에서 말한 대로다.

"흠모하는 작가를 선정하세요. 그러고 나서 그의 문장을 흉내 내면서 수없이 많은 글을 쓰다보면 어느새 자기만의 문장이 태어날 거예요."

스토리텔링은 선택 아닌 필수

"스토리텔링으로 해야 먹힙니다. 빳빳하게 홍보성 정보를 나열하면 주목받지 못해요."

모 프레젠테이션 전문가의 말이다. 그는 스티브 잡스 프레젠테이션의 성공 요소가 스토리텔링에 있다고 말한다. 실제로 PT는 물론이고 광고, 책에서 타깃을 사로잡는 강력한 도구로 떠오른 게 바로 스토리텔링이다. 이야기는 어떤 소재, 주제도 말랑말랑하게 만들어냄으로써 그것을 대하는 상대의 가슴을 쉽게 파고든다.

초코파이 텔레비전 광고를 보자. 어느 구석에서도 초코파이에 어떤 영양성분이 있는지, 초코파이가 어떤 메시지를 담았는지 나열하지 않았다. 대신에 '정情'을 내세운 감동적인 한편의 스토리를 보여준다. 선생님 편, 경비원 편, 삼촌 편 등으로 매우 구체적이고 생동감 있게 전달했다. 소비자는 이 스토리를 접하는 것만으로 초코파이를 잊지 못한다.

베스트셀러 《미움받을 용기》도 마찬가지다. 이 책이 베스트셀러 1위가 되면서, 아들러 열풍이 불었다. '용기'가 들어간 책들도 상당히 많이 생겼다. 성공 요인은 여러 가지로 볼 수 있지만, 서술 면에서 스토리텔링을 전격 활용했다는 점에 주목해야 한다. 이 책은 소설 느낌을 주는 대화 형식이다. 철학자와 청년이 만나서 주고받는 대화로 이루어졌다.

만약,《미움받을 용기》가 설명문처럼 쓰였어도 이렇게 폭발적인 반응을 이끌어낼 수 있었을까? 아마, 그만한 반응이 나오지 않았을 듯하다. 이 책은 술술 읽히는 스토리텔링을 활용함으로써 자칫 지루할 수 있는 심리학 이론에 쉽게 다가갈 수 있도록 했기 때문이다.

본격적으로 스토리텔링이 된 책은 2003년에 출간된《총각네 야채가게》다. 만약, 이 책이 평범한 비소설류로 쓰였다면 어떻게 되었을까? 총각네 야채가게의 성공 사례를 45~50여 개의 키워드를 뽑아서 마케팅 책으로 썼다면, 이만한 성과를 낼 수 없었을 거다. 평당 최고 매출액에 도전하는 18평의 야채가게 젊은 장사꾼의 감동적인 실화가 한 편의 소설로 전달되었기에 폭발적인 판매고를 올릴 수 있었다.

《드림 소사이어티》의 저자 롤프 옌센은 미래에는 정보와 상품보다 꿈과 이야기가 가미된 감성적인 요소가 더 중요시될 것이라고 말했다.《새로운 미래가 온다》의 다니엘 핑크 또한 미래 인재의 여섯 가지 조건을 디자인, 스토리, 조화, 공감대 형성, 유희, 의미부여라고 하면서, 스토리를 포함시키고 있다.

이처럼 스토리는 간과할 수 없는 큰 위력을 가지고 있다. 성인 예수, 석가모니, 공자도 마찬가지다. 그들의 깨달음이 추상적인 이론만이 아닌 감동적인 이야기와 대화로 전달되었기 때문에 남녀노소 그리고 시대와 인종, 공간을 초월해 사람들의 가슴속으로 파고들 수 있었다. 성경, 불경, 논어 역시 공통적으로 스토리텔링을 잘 활용하고 있지 않은가?

따라서, 글쓰기를 시작하는 사람들은 스토리텔링 글쓰기에 더 신경을 써야 한다. 자신의 생각, 정보, 경험, 지식을 같은 값이면 스토리텔링으로 서술함으로써 원하는 것 이상의 결과를 얻을 수 있기 때문이다.

글쓰기 향상에 좋은 습관 둘

글쓰기 훈련의 성과는 금세 나오지 않는다. 최소한 3개월에서 6개월 이상의 시간이 소요된다. 때문에 장기간 효율적으로 글쓰기 훈련을 하기 위한 습관을 만드는 게 필요하다. 사회생활로 흐트러지기 쉬운 생활 패턴을 다잡고 일정한 시간 규칙적으로 글쓰기를 할 수 있는 습관이 있어야 실력이 쑥쑥 늘기 때문이다.

첫 번째 좋은 습관은 걷기다. 칸트, 니체, 키르케고르, 소로우, 루소 등의 사상가들은 걷는 과정을 통해 아이디어를 얻는 것은 물론 규칙적인 생활 리듬을 유지했다. 마냥 책상에 앉아 담배를 피워댄다고 해도 새로운 아이디어가 나올 가능성은 낮다. 오히려 걸을 때 뇌가 자극을 받아 뇌 가동률을 높일 수 있다. 또한, 거의 매일 정해진 시간에 걷기를 하면 규칙적인 생활을 하게 되기 때문에 글쓰기를 위한 시간을 최대한 확보할 수 있다.

루소는 걷기가 생각에 도움이 된다고 했다. 그는 혼자 걸으며 여행할 때 많은 생각을 하고 또 강하게 살아 있음을 느끼게 된다고 하면서 걷기가 생각을 자극한다고 했다. 이와 함께 한곳에 머물러 있을 때는 생각이 잘 안되기에 정신을 움직이기 위해 몸을 움직이라고 했다.

두 번째 좋은 습관은 10분 멍 때리기다. 멍 때리기는 근사한 말로 바꾸면 명상이라고 볼 수 있다. 명상, 대단하고 어려운 것으로 볼 이유가 없다. 책상에 앉은 후 글쓰기에 들어가기 전은 누구나 초조해진다. 앞으로 어떤 글이 쓰일지 전혀 예상할 수 없기에 긴장의 끈을 놓치면 안 된다. 이때, 딱 10분간 멍 때리기를 하자. 머리를 텅 비우자는 말이다.

이게 쉽지 않은 사람은 인터넷에서 빗소리, 개울물 소리 등 백색 소음이 나는 동영상을 틀어놓고 눈을 감아보자. 백색소음의 효과는 기대 이상이다. 시카고대학의 〈소비자 연구 저널〉에서는 카페의 소음 같은 양의 음성 주파수들을 합친 것을 백색소음이라고 하면서, 중간 정도의 백색소음은 창의성을 높인다고 했다. 국내 한국 산업심리 학회에서도 백색소음이 집중력, 기억력을 높여주고 스트레스를 낮춰준다고 밝히고 있다.

따라서 간편하게 백색 소음을 통해 심신이 이완되는 걸 체험해보자. 이렇게 하고 나면, 쓰려고 했던 글을 비교적 술술 쓸 수 있을 것이다. 어깨의 긴장을 풀어야 빠른 강펀치를 날릴 수 있는 것처럼 말이다.

글쓰기 실력 향상을 위해 걷기와 멍 때리기 습관이 필요하다. 이 습관을 갖고 매일 조금씩 글을 써보자. 글쓰기와 나 사이를 가로막았던 장애물이 사라져, 일체가 되는 걸 체험할 수 있다. 이로써 나날이 문장이 탄탄해져가는 걸 발견할 수 있을 것이다.

끌리는 명문장 맛보기

• 더께 앉은 먼지 위에 빗방울이 떨어져 남긴 얼룩들 때문에 희부옇게 된 형사계 유리창 저쪽으로 나지막한 도회의 하늘과 그 아래 음울하게 웅크리고 있는 지붕들이 보였다. 재작년 동부서가 처음 이곳으로 옮겨올 때만 해도 변두리 개발지구의 야산에 지나지 않았는데, 그사이 하나둘 집들이 늘어나더니 최근에는 숫제 거대한 주택단지가 돼버린 곳이었다. 주인들의 실속 없는 서구 취향이나 허세를 대변하듯 울긋불긋 늘어선 갖가지 모양의 지붕들을 바라보면서 남 경사는 거의 습관과도 같은 우울에 빠졌다. 눈앞에서만도 그렇게나 많은 집들이 늘어났지만 아내와 아이들이 기를 펴고 살 자신의 집은 그 속에 없다는 사실이 어떤 패배감으로 그의 무의식을 긁어댄 까닭이었다.

이문열, 《사람의 아들》(민음사)

《사람의 아들》은 신과 종교의 문제를 정면으로 다룬 관념 소설이다. 형사가 살인 사건의 범인을 추적하는 추리 소설 기법과 전설적 인물의 이야기를 다룬 액자소설 기법이 이야기를 이끌어간다. 이 책은 다음의 생각거리를 던져준다. 신은 존재하는가? 고통받는 민중에게 신은 어떤 의미를 가지는가? 성경은 신의 섭리로 만들어진 완벽한 경전으로 볼 수 있는가?

이 책의 위 발췌문은 소설 도입부로 앞으로 생겨날 살인 사건에 대한 암시를 하고 있다. 작가 특유의 긴 호흡의 문장을 잘 보여주는데, 특히 첫 문장의 "형사계 유리창"을 꾸미는 표현이 긴 편이다. 긴 호흡의 문장도 뛰어난 문장력의 작가를 만나면 잘 읽히는 유장한 문체의 맛이 느껴질 수 있다는 걸 보여준다. 맨 마지막 " ~사실이~"라는 물주구문의 번역 투 문장 또한 지적이며 관념적인 내용을 표현하는 데 잘 어울려 보인다.

이렇듯 긴 호흡의 번역 투 문장도 유명 작가에게는 독특한 개성이 된다. 하지만 글쓰기 초심자는 이런 문장을 삼가는 게 좋다. 우선은 간결한 문장으로 자신의 생각을 정확하고 쉽게 전달하는 데 주력해야 한다.

•• 우리 식구들이 뿔뿔이 흩어지던 때에 나는 겨우 열두 살이었다.

어려서는 청진에 살았다. 우리는 바다가 내려다보이는 언덕바지의 단독주택에 살았다. 봄이면 마을 빈터의 마른 잡

초들 사이에서 한 무리의 진달래들이 이 묶음 저 묶음 다투어 피어나 아침저녁 노을에 더욱 붉게 타오르고 드높은 동편 하늘가에 아직도 눈을 하얗게 얹은 관모산이 아랫도리를 안개 속에 감추고 떠 있었다. 언덕에서 내려다보면 크고 둔해 보이는 철선들이 정박해 있었고 그 주위로 작은 고깃배가 아련하게 통탕대는 발동소리를 내면서 느릿느릿 헤엄쳐 다녔다. 그리고 갈매기들이 생선비늘처럼 반짝이는 바다 물결 위의 햇빛을 사방으로 흐트러뜨리며 역광 속으로 힘차게 날아갔다. 나는 항구의 사무실에서 돌아올 아버지를 기다리거나 장에 간 어머니를 기다렸다. 길을 벗어나 제법 가파른 언덕의 끝까지 나아가 쪼그려 앉아 있던 것은 두 사람을 기다릴 겸하여 그냥 바다를 내다보는 게 좋았기 때문이다.

황석영, 《바리데기》(창비)

《바리데기》의 저자는 사회적 실천의 대명사인 황석영 소설가이다. 이 책은 전통 설화 바리데기를 차용해 탈북 여성이 '생명수'인 용서와 구원을 찾아나가는 여정을 생생히 그리고 있다. 한국의 분단 문제와 함께 전 세계의 폭력, 테러, 전쟁의 문제를 다루면서 그 해법을 모색하고 있다. 이 책은 다음의 생각거리를 던져준다. 한국의 분단 현실을 극복할 수 있는 방안은 무엇인가? 북한의 참혹한 인권 유린 현실 앞에서 우리가 할 수 있는 일은 무엇인가? 설화를 차용한 것은 문제적 현실을 신랄하게 비판하는 데 효과적인가?

이 책의 발췌문은 고향의 풍경을 마치 손에 잡힐 듯이 그리고 있다. 풍경 묘사는 자칫 딱딱해질 수 있는 것이지만, 위 문장은 수채화처럼 와 닿는다. 특히, 맨 앞에 툭 튀어나온 첫 줄은 읽을수록 감칠맛을 느낄 수 있다.

위의 두 번째 문장 끝의 "~살았다"가 세 번째 문장 끝의 "~살았다"에서 반복되어 리듬감이 있다. 이런 곳이 또 있다. 네 번째 문장의 앞부분 "봄이면~"의 "면"은 다섯 번째 문장의 앞부분 "언덕에서 내려다보면~"의 "면"에서 반복된다. 그래서 두 문장의 연결이 딱딱하지 않고 리듬감이 있다.

5장

자유자재로 글 전개하기

단락을 알고 넘어가자

"이 단락의 소주제는?"

중고등학교 국어 시간에 이런 문제를 자주 접했을 것이다. 주로 논리적인 글인 설명문이나 논설문의 전체 가운데에서 '한 부분(단락)'의 소주제를 묻는 문제다. 글 전체의 주제가 있듯이, 글의 부분도 작은 주제를 가지고 있다. 교과서에 실린 좋은 글의 단락은 하나의 소주제를 갖고 있지 결코 두 개, 세 개의 주제를 가지고 있지 않다.

이처럼, 글을 전개하려면 자신이 쓰는 글의 매 단락이 하나의 주제를 가져야 한다. 논리적인 글뿐 아니라 소설에서도 단락이 중요하다. 단락 만들기는 전 세계의 논리적인 글 모두에 통용되는 법칙이다. 이것을 무시하고 글을 쓰는 건 부실하게 기초 공사를 하고 고층 빌딩을 짓는 것과 같다. 따라서 단락에 대한 기본 개념을 잘 숙지하도록 하자.

● 단락

하나의 중심 생각을 표현하기 위해 여러 문장들을 모아 놓은 단위이다.

● 단락의 요건

1. 단락은 하나의 중심 생각으로 이루어져야 한다. 그러기 위해서 가능하면 대상 범위를 좁히고 제한하는 것이 좋다.

2. 단락은 통일성이 있어야 한다. 즉 소주제문과 뒷받침 문장이 같은 내용이어야 한다.

3. 단락은 일관성이 있어야 한다. 소주제문을 구체화하는 뒷받침 문장들이 자연스럽고 이치에 맞게 배열되어야 한다.

어려운 말일 수 있는데, 예를 들어보면 이해가 빠를 것이다. 아래의 두 글 모두 단락이 잘 만들어졌다. 밑줄 그어진 맨 앞 문장이 소주제문이고 뒤에 이어지는 문장이 뒷받침 문장들이다. 쉽게 말해, 단락은 소주제를 담은 문장+이를 뒷받침하는 문장들로 이루어진다.

오프라 윈프리는 숱한 역경을 극복한 세계적인 방송인이다. 그녀는 가정부를 하는 가난한 미혼모의 딸로 태어났다. 9살 때에는 사촌에게 성폭행을 당했으며, 14살에 미혼모가 되었다. 20대에는 마약에 빠져 지냈다. 이런 그녀가 과거의 아픔을 딛고 토크쇼의 여왕이 되었다. 그녀의 〈오프라 윈프리 쇼〉는 1986년에서 2011년까지 미국 시청자만 2천여 만 명에 달했고, 세계 140개국에서 방영되었다.

지조를 지키기란 참으로 어려운 일이다. 자기의 신념에 어긋날 때면 목숨을 걸어 항거하여 타협하지 않고 부정과 불의한 권력 앞에는 최저의 생활, 최악의 곤욕을 무릅쓸 각오가 없으면 섣불리 지조를 입에 담아서는 안 된다. 정신의 자존 자시를 위해서는 자학과도 같은 생활을 견디는 힘이 없이는 지조는 지켜지지 않는다. 그러므로 지조의 매운 향기를 지닌 분들은 심한 고집과 기벽까지도 지녔던 것이다. 단재 신채호 선생은 망명 생활 중 추운 겨울에 세수를 하는데, 꼿꼿이 앉아서 두 손으로 물을 움켰다 얼굴을 씻기 때문에 찬물이 모두 소매 속으로 흘러 들어갔다고 한다. 어떤 제자가 그 까닭을 물으매, 내 동서남북 어느 곳에도 머리 숙일 곳이 없기 때문이라고 했다는 일화가 있다.

조지훈, 《지조론》(나남출판)

위의 예문은 소주제문이 앞에 있기에 흔히 두頭괄식 단락이라고 한다. 참고로 소주제문이 단락의 맨 뒤에 있으면 미尾괄식이라고 한다. 글쓰기 초보자는 미리 소주제문을 써놓고 뒷받침 문장을 쓰는 두괄식을 사용하는 게 좋다. 두괄식은 읽는 사람에게 쏙쏙 요지를 전달할 수 있는 이점을 가지고 있다.

깔끔하게 잘 만들어진 글을 쓰기 위해서는 단락에 신경을 써야 한다. 특히, 글을 퇴고할 때에는 모든 단락이 하나의 주제로 잘 만들어져 있는지 확인해야 한다. 만약 하나의 단락에 두 개, 세 개의 주제가 들어 있을 경우 두 단락, 세 단락으로 구분하자.

설명으로 글 전개하기

글을 펼쳐나갈 때 가장 많이 사용하는 게 설명이다. 특히, 리포트나 기획서, 제안서를 쓸 때는 필수적이다. 설명은 어떤 일이나 대상을 상대방이 잘 이해할 수 있도록 알려주는 걸 말한다. 때문에 절대 난삽하고 알쏭달쏭하게 해서는 안 된다. 또한 객관성을 유지하면서 구체적이고 선명하게 써야 한다.

설명에는 크게 일곱 가지 방법이 있다. 바로 '정의, 인용, 비교와 대조, 예시, 분류, 분석, 비유'이다. 잘 숙지해서 글쓰기를 할 때 적재적소에 능숙하게 활용해보자.

1. 정의

'무엇은 무엇이다'라고 표현하는 것으로 단어의 뜻을 밝히는 방법이다. 새로운 지식과 정보를 설명할 때 생소한 전문용어가 등장하게 되는데 만약 그 정의를 내리지 않으면 독자는 글을 이해하기 쉽지 않다.

예 스마트폰은 휴대전화에 인터넷 통신과 정보검색 등 컴퓨터 지원 기능을 추가한 지능형 단말기이다.

2. 인용

타인의 말이나 글을 자신의 글에 쓰는 방법이다. 만약, 리포트를 썼는데 순전히 자신의 생각으로만 되어 있다면 어떻게 될까? 글쓴이가 천재가 아닌 이상 그 리포트는 성의 없는 글로 평가받을 수밖에 없다. 자신의 생각과 연관된 기존의 연구 결과를 인용하는 게 반드시 필요하다.

예 "독서가 오늘의 저를 있게 했습니다. 책을 통해 받았던 위안과 은혜를 사람들에게 되돌려주고 싶습니다. 책은 삶에 희망이 있다는 것을 저에게 가르쳐주었어요. 독서를 하면서, 세상에는 내 처지와 같은 사람들이 많다는 것도 알았습니다. 그리고 책은 저에게 성공한 사람들과 그 사람들이 이룬 업적을 저도 이룰 수 있다는 가능성을 보여주었어요."
오프라 윈프리의 말이다.

오수향, 《1등의 대화습관》(책들의 정원)

3. 비교와 대조

비교는 어떤 사물들 사이의 비슷한 점을 밝히는 방법을 말하고, 대조는 어떤 사물들 사이의 차이점을 밝히는 방법을 말한다. 글을 쓸 때 자신이 다루는 주제와 소재를 보다 뚜렷하게 제시하기 위해, 비교와 대조를 사용할 필요가 있다. 가령 연극에 대해 쓸 때, 영화와 대조하면 연극의 의미를 잘 부각시킬 수 있다.

예 판소리에서는 희곡과는 다르게 대화와 동작만으로 작품을 이끌어나갈 수 없고, 제삼자적인 설명이 불가결한데, 이러한 특징은 그대로 소설에서 발견된다. 바탕글에 의한 설명이 없이는 소설이 성립될 수 없다는 점은 주지의 사실이다. 그리고 이 점은 판소리와 소설에만 국한되지 않는 서사장르류 전반의 특성이다.

조동일, 〈판소리의 장르 규정〉《판소리의 이해》(창비)

예 연극은 그 기원이 아득하고, 그 발생이 종교의식과 관련되어 있으나, 영화는 이와는 달리, 19세기 말에 과학의 힘으로 나타났다.

4. 예시

설명하는 대상의 예를 들어보는 방법이다. 글의 설득력을 얻기 위해서는 '예를 들어', '예컨대' 등의 부사어를 사용해 예시를 드는 게 좋다. 예가 많을수록 독자가 이해하기 쉽다.

예 벌레를 잡아먹는 식물이 있다. 예를 들면 끈끈이주걱, 벌레잡이제비꽃, 파리지옥, 통발 등이 있다.

5. 분류

대상이나 개념을 공통적인 특성에 근거해 구분 짓는 방법이다. 예를 들어, '콩은 색과 모양, 크기에 따라 강낭콩, 완두콩, 메주콩 등으로 나눌 수 있다.'가 이에 해당한다.

예 악기들은 크게 현악기, 타악기, 건반악기 등으로 나눌 수 있다.

6. 분석

대상이나 개념을 나누고 쪼개서 그것의 특징을 밝히는 방법이다. 정교하게 글을 전개하고자 할 때 유용하다. 쓰고자 하는 대상, 개념을 쪼개어서 상세히 설명하면 글이 더욱 탄탄해진다.

예 심장은 세부적으로 우심방과 좌심방, 우심실과 좌심실, 대정맥과 폐정맥, 대동맥과 폐동맥으로 이루어져 있다.

7. 비유

말하는 것이 독자에게 잘 이해되도록 비슷한 점을 빗대는 방법이다. '~처럼', '~같이', '~듯이' 등을 사용해 효과적으로 말하고자 하는 바를 전달할 수 있다.

[예] 그는 마치 전문 경영인처럼 체계적으로 자신의 음식점을 잘 이끌어갔다.

논증으로 글 전개하기

자신의 주장이 옳음을 밝히는 방법이 논증이다. 설명보다 개인적인 견해를 좀 더 내세우는 것이 특징이다. 논증은 주장+근거로 이루어져 있는데, 주장을 밑받침하는 근거가 타당해야 한다. 주장은 어떤 것이든 가능하지만 이를 받쳐주는 근거가 부실하면 설득력을 얻을 수 없다. 논증의 방법은 귀납적 전개법과 연역적 전개법이 있다.

1. 귀납적 논증

구체적인 사실들을 근거로 하여 일반적인 원리를 이끌어내는 방법이다. 아래의 예처럼 개별적인 사람이 죽는다는 구체적인 사실을 토대로 마지막의 '모든 사람은 죽는다'는 일반적인 원리를 도출해내는 것을 말한다.

구체적 사실: 소크라테스는 죽었다. 공자도 죽었다. 스티브 잡스도 죽었다. 또한 ~가 죽었다.
일반적인 원리: 이들은 모두 사람이다. 그러므로 사람은 모두 죽는다.

(예) 심야 영업을 규제하는 근본적인 목적은 불필요한 사치와 향락을 막자는 데에 있다. 그러나 여전히 우리 사회에는 과소비와 향략적 경향이 널리 퍼져 있다. 또 심야 영업 규제가 실시된 90년 이후 5년간 전국 범죄 증가율은 6.2퍼센트에서 3.4퍼센트로 감소되었다. 한편 심야 영업 규제가 해제된 경주의 경우 각종 범죄가 70퍼센트나 늘어난 것으로 보고되었다. 이러한 사실들로 미루어 심야 영업 규제는 계속되어야 한다.

⇨ 맨 마지막 줄의 심야 영업을 규제해야 한다는 게 주장(일반적 원리)이다. 이 주장이 설득력을 얻기 위해 앞의 네 문장을 통해 근거를 들고 있다.

2. 연역적 논증

일반적인 원리를 근거로 구체적인 사실을 이끌어내는 방법이다. 아래의 예처럼, "모든 사람은 죽는다"는 일반 원리를 토대로 마지막의 "스티브 잡스는 죽는다"는 구체적인 사실을 도출하는 것을 말한다.

일반적인 원리: 모든 사람은 죽는다.

구체적 사실: 스티브 잡스는 사람이다. 그러므로 스티브 잡스도 죽는다.

예 사람은 기본적인 인권을 가지고 태어난다. 이러한 인권은 어떤 사람에게도 예외가 있어서는 안 된다. 선한 사람이든, 자유롭게 사는 사람이든 감옥에 갇힌 사람이든, 어른이든 아이든 차별이 있을 수 없다. 그러므로 일시적으로 나쁜 짓을 한 사람이라고 해서, 감옥에 있는 사람이라고 해서, 또는 아직 어린 사람이라고 해서 결코 그 인권을 함부로 침해할 수 없는 것이다.

⇨ 맨 앞의 문장 "사람은 기본적인 인권을 가지고 태어난다"는 주장의 설득력을 높이기 위해, 그 뒤 세 문장에서 구체적인 근거를 제시하고 있다.

서사로 글 전개하기

일정한 시간 내에 일어나는 일련의 행동이나 사건의 전개에 초점을 맞춰 전개하는 방식이 서사이다. 쉽게 말해, 있는 그대로의 어떤 일을 전달하는 방법이다. 서사는 자신의 경험 혹은 타인의 경험을 쓸 때도 필요하다. 최근, 글쓰기에서 스토리텔링이 강조되고 있기에 각별히 신경 써서 숙지하자.

서사를 만들기 위해서는 시공간적 배경과 인물, 사건의 3요소가 반드시 필요하다. 이 세 가지를 토대로 스토리를 들려줘야 독자가 감동을 받을 수 있다. 서사의 예는 다음과 같다.

> 1950년 6월 25일 새벽, 한국동란이 일어났다. 한민구는 이틀 뒤인 6월 27일 서울 성북구 돈암동에서 한준호의 아들로 태어났다. 3.15킬로그램의 건강한 아이였다.
>
> 한준호는 당시 3.8경비대 소속의 육군 중위였다. 전쟁을 예상하지 못했던 한국군은 적의 전차 기갑 사단 앞에 속수무책이었다. 구사일생으로 살아남은 한준호는 밀리고 밀려 낙동강 진지까지 후퇴하였다. 3개월간의 전투는 북쪽의 완전

승리를 실감케 하였으나, 9월 28일 인천 상륙 작전으로 수도는 탈환되고, 국군은 북진을 계속했다.
1950년 12월 20일, 이 날은 한민구가 이 세상에서 고아가 된 날이다. 아버지 한춘호의 전사 통보를 받은 어머니마저 교통사고로 세상을 떠난 것이다.

10시 20분에 그는 잠에서 깨어난 후 황급히 세면을 했다. 그러곤 식사도 하지 않은 채 밖으로 나왔다. 동네 사거리에서 택시를 세웠다. 그는 택시에 올라타면서 큰 목소리로 홍대로 가자고 말했다. 택시는 20여분 후에 홍대에 도착했다. 차가 많이 밀렸기 때문에 지하철 역 앞에서 내린 후 약속 장소인 스타벅스를 향해 달렸다. 숨이 찰 정도로 5분간 뛴 끝에 약속 시간 안에 도착할 수 있었다. 그는 스타벅스 입구 문을 열고 안으로 들어간 후 천천히 내부를 둘러보았다.

서사는 자기소개서를 작성할 때도 유용하게 활용할 수 있다. 이때 일반적인 주장이나 견해를 나열하기보다는 체험을 진솔하게 서술하면서 이를 통해 얻은 교훈을 적어보자. 식상하고 장황한 주장이나 설명보다 한 편의 스토리가 더 강력한 효과를 발휘한다는 점을 잊지 말아야 한다.

묘사로 글 전개하기

어떤 사물을 그림 그리듯 생생하게 표현하는 방식이 묘사이다. 사람의 외모, 주변 풍경, 물건 등을 표현할 수 있다. 묘사는 서사로 자신의 경험을 전달할 때, 좀 더 생동감을 주기 위해 활용한다. 가령, 외국 모 대학에 어학연수를 다녀온 이야기를 여러 장에 쓸 경우 대학교의 캠퍼스, 구내식당, 그리고 대학가의 풍경을 묘사로 전달할 수 있다. 이 묘사를 통해 스토리의 디테일이 확 살아난다. 아래의 예를 포함해 묘사가 잘되어 있는 다양한 글을 읽고 습작 연습을 해보자. 먼저 인물 묘사의 예를 살펴보자.

> 사십에 가까운 노처녀인 그는 주근깨투성이 얼굴이, 처녀다운 맛이란 약에 쓰려도 찾을 수 없을 뿐인가, 시들고 거칠고 마르고 누렇게 뜬 품이 곰팡 슬은 굴비를 생각나게 한다.
> 여러 겹 주름이 잡힌 훌렁 벗겨진 이마라든지, 숱이 적어서 법대로 쪽지거나 틀어 올리지를 못하고 엉성하게 그냥 빗겨 넘긴 머리 꼬리가 뒤통수에 염소 똥만 하게 붙은 것이라든지, 벌써 늙어가는 자취를 감출 길이 없었다. 뾰족한 입을

앙다물고 돋보기 너머로 쌀쌀한 눈이 노릴 때엔 기숙생들이 오싹하고 몸서리를 치리만큼 그는 엄격하고 매서웠다.

현진건, 〈B사감과 러브레터〉, 《한국 단편 소설선》 1권(문예출판사)

다음은 풍경 묘사의 예를 살펴보자.

그때 하늘에는 뭉게뭉게 누런 구름이 흘러갔다. 그 구름이 잿빛 벽에 걸리고, 몇 초 동안 바람이 이 누런 구름과 푸른 하늘로 한 개의 상을, 한 마리의 굉장히 큰 새를 만들었다. 이 새는 이 푸른 혼돈으로부터 뛰쳐나와서는 훨훨 날갯짓을 하면서 하늘로 사라져버렸다. 그러고 나서 폭풍이 부는 소리가 들리더니, 비가 우박과 뒤섞여서 떨어졌다. 짧지만 엄청나게 무서운 소리로 울리는 천둥이 빗발에 얻어맞은 풍경 위에서 우르릉거렸다. 그러고는 곧 다시 햇살이 새어 나오고 갈색의 숲 너머 가까운 산 위에 창백한 눈이 어슴푸레 비현실적으로 빛나고 있었다.

헤르만 헤세, 《데미안》(문예출판사)

전문가에게 첨삭 지도를 받자

글쓰기의 기초, 문장 쓰기에 대한 모든 것을 알려드렸다. 이를 참고해 틈틈이 보고 또 보노라면 자신의 문장이 나날이 좋아지는 것을 체감할 수 있으리라 본다. 그런데 이렇게 마무리를 하노라니 망설임이 생긴다. 아직도 뭔가 부족한 듯한 느낌 때문이다. 이 책 한 권이 이제 막 글쓰기에 도전하는 분들에게 충분한 지침서가 될 수 있을지 걱정이 든다.

그래서 추가로 한 가지 더 말씀드릴까 한다. 글쓰기의 특급 노하우이지만 실상 작가 지망생이나 논술 시험 준비생, 자소서 준비생 등 몇몇 사람들만 하고 있는 것이다. 첨삭 지도다. 이는 단기간에 빠르게 글쓰기 실력을 높여준다. 누구나 원래의 자기 수준 이상으로 실력이 향상되는 걸 체험할 수 있다.

《개미 제국의 발견》의 저자 최재천 교수는 〈네이처〉와 〈사이언스〉 같은 학술지는 사람들의 마음을 혹하게 하는 수준의 문장이 아니면 논문을 싣지 않는다며 글쓰기의 중요성을 강조한다. 사실, 그의 문장이 빼어나게 뛰어날 수 있었던 건 미국 유학 시절 지도 교수 밑에서 1년 3개월가량 글쓰기첨삭 지도를 받은 영향이 크다. 아래 글에서처럼, 교수님과 일대일 지도에서 한 문장 한 문장 고쳐나가기 위해서는 필수적으로 첨삭 지도가 들어갈 수밖에 없다.

제가 미국 펜실베니아 주립대에서 유학할 때 '테크니컬 라이팅'이라는 수업이 있었습니다. 영문과 교수님이셨는데 거의 개인 교습에 가깝게 제 글을 봐주셨어요. '글이 준비만 되면 전화하고 와' 이런 식이었죠. 그래서 글을 써서 들고 가면 저보고 무작정 읽으라고 하시더군요. 한 줄 읽으면 마음에 드느냐고 물어봐요. 그러면 제가 '사실은 이게 얘기하고 싶었는데 표현이 좀 안 됐습니다' 얘기합니다. 그러면 '지금 얘기한 것 그대로 써봐라' 그러십니다. 그러면 다시 쓰고요. 이 과정을 반복하면서 한 문장 한 문장을 고쳐나가면 제가 읽어도 너무 좋은 글이 나와요. 나중에 교수님이 제 추천사에 '정확성과 경제성과 우아함을 갖춘 글을 쓴다'고 써주셔서 몹시 감사하고 기뻐했던 게 기억납니다.

최재천, 〈이화의 서재〉 제3호

소설 습작기 시절 나 또한 평론가와 소설가에게 내 작품에 대해 첨삭 지도를 받았다. 이때, 미처 생각지도 못했던 오류를 발견할 수 있었고, 이를 바탕으로 글쓰기가 향상됐다.

오류를 내 스스로 알아내기에는 한계가 있다. 전문가의 시각으로 검토하고, 첨삭 지도를 받을 때 비로소 오류가 훤히 드러난다.

글쓰기를 시작하는 분에게도 첨삭 지도가 필요하다. 누구나 혼자 글을 쓰다보면 자신의 문제를 자각하기가 쉽지 않다. 때문에 거울 역할을 하는 타인에게 자신의 글을 읽혀보는 게 필요하다. 가능하면, 글쓰기 교수나 작가에게 첨삭 지도를 받는 게 좋다. 이 과정에서 비약적으로 글쓰기 실력이 향상될 것이다.

• 교회 친구들은 문학, 음악과 달리 연극에는 특별한 흥미와 재능을 보이지 않았다. 나는 예외였다. 내게는 남달리 뛰어난 연극 재능이 있었다. 기억컨대 고등학교 삼 년간 건성으로 교회를 다녔지만 기어코 크리스마스이브의 연극에 세 번이나 참석하고야 말았다. 아마 신앙심 낮은 데에다가 고등부 모임에도 가뭄에 콩 나듯이 얼굴을 비추던 내가 세 번 연극에 중심적인 배역으로 설 수 있었던 것은 다들 내 연극 재능을 인정해서였으리라. 아직도 무의식적으로 되뇌곤 하는 독백 대사가 있다. 톨스토이의 단편 〈사랑이 있는 곳에 신이 있다〉를 연극 대본으로 각색한 것이다. 러시아의 한 마을에서 구두 수선공을 하는 노인 마틴이 간밤에 예수가 찾아온다는 꿈속의 계시를 받고 하루 종일 예수를 기다린다. 끝내 예수가 찾아오지 않자, 힘없이 혼잣말을 한다. "예수님은 오지 않는가 봐, 아무리 기다려도 찾아오질 않으시네. 아무래도 간밤의 꿈은 꿈일 뿐이야." 실은 예수님이 청소부와 아기를 안은 아주머니, 도둑질하는 아이로 나타났고, 그는 그들을 따스하게 대해주었다. 나는 누구에게 특별

히 발성을 배우거나, 연극을 지도받지 않았어도 타고난 재능으로 특유의 할아버지 목소리를 잘도 흉내 내었다. 거기다가 무대 위에서는 숫기 없던 내가 환한 조명에 힘입어 생각지 못했던 즉흥 연기와 즉흥 대사를 잘도 해냈다. 이 일로 '무대 끼'가 내 속에 있다는 걸 알게 되었지만, 이걸 존중하고 살려나갈 필요성을 못 느꼈다. 이 재능은 눈부시게 희디흰 백지의 무대 위에서 시로 펼쳐졌다.

고수유,《헤르메스의 예수》(일송북)

이 책은 소설가로서 내가 쓴 첫 장편소설이다. 이 책은 신의 의미를 천착하면서 그와 얽힌 종교 권력의 문제를 다루고 있다. 이와 함께 예수에 대한 새로운 가설을 액자소설로 보여준다. 이 책은 다음의 생각거리를 던져준다. 초월적인 신을 현실에서 증명할 수 있는가? 기독교의 이적 현상은 합리적 근거가 있는가? 왜 성경에 예수의 젊은 시절에 대한 기록이 빠졌는가?

이 책의 인용문은 비교적 긴 한 단락인데 단 한 개의 접속어도 없다. 이 글은 최고 몰입 상태에서 쓰였다. 느슨해지면 접속어와 짧은 단락을 남발하기 마련이다. 회상을 그리고 있는 글의 흡인력을 잘 보여준다. 읽는 이가 한눈팔지 않게 잡아끄는 문장을 쓰기는 쉽지 않다. 우선, 자신의 추억에 깊이 빠진 채 누에고치에서 실을 뽑아내듯이 문장을 써보자.

앞의 세 개의 문장을 글쓰기에 서툰 분이 쓴다면 다음과 같이 느슨해진다. '하지만', '왜냐하면', '때문이다'가 들어갔기 때문이다.

•• 교회 친구들은 문학, 음악과 달리 연극에는 특별한 흥미와 재능을 보이지 않았다. 하지만 나는 예외였다. 왜냐하면 내게는 남달리 뛰어난 연극 재능이 있었기 때문이다. 기억컨대 고등학교 삼 년간 건성으로 교회를 다녔지만 기어코 크리스마스이브의 연극에 세 번이나 참석하고야 말았다.

••• "〈암살〉은 오래 고민하고 시나리오를 수십 번 고쳐가며 쓴 영화다. 나에게도 또 하나의 전환점이 될 것 같다."
천만 관객을 돌파한 〈암살〉의 최동훈 감독의 말이다. 고쳐쓰기는 아무리 강조해도 지나치지 않는다. 1990년대 말, 백만 명 관객 몰이를 한 〈접속〉의 시나리오는 무려 스물다섯 번이나 고쳐 썼다고 한다. 2000년대 초, 칸 국제영화제 심사위원 대상을 수상한 〈올드보이〉 또한 충격적인 반전을 위해 수십 번 고쳐 썼다. 이렇듯 시나리오뿐만 아니라 글의 완성도를 높이기 위해서 부단히 고쳐 써야 함을 잊지 말자.
헤밍웨이는 말했다.

"모든 초고는 걸레다."

조지 버나드 쇼는 자신이 밤새워 쓴 원고를 본 아내가 혹평을 하자 이렇게 말했다.

"맞아, 하지만 일곱 번 교정한 다음에는 완전히 달라져 있을 거야."

고수유, 《1등의 책쓰기 습관》(마인드북스)

이 책은 책 쓰기 지도를 위해 내가 썼다. 이 책은 책의 기획에서부터 글쓰기, 책쓰기, 출판 계약 요령을 친절하게 소개해주고 있다. 일인 미디어의 시대가 되면서 개인이 책을 내어 브랜드를 알리는 것이 중요하다는 점을 강조하고 있다. 이 책은 다음의 생각거리를 던져준다. 기업인, 강사, 컨설턴트, 프리랜서와 같은 개인이 책을 낼 필요가 있는가? 책을 내서 얻을 수 있는 이점이 무엇인가? 유명하지 않아도 책을 낼 수 있는가?

이 책의 인용문은 쉽고 빠른 필치로 쓰였다. 자신의 생각만 아무 근거 없이 죽 나열하면 심심하다. 때때로 넘칠 정도로 인용을 많이 하면 글이 재밌어진다. 독자는 인용문에서 한숨 돌리고, 다시 다음 글을 읽을 수 있다. 대중적인 책의 글쓰기의 한 단면을 잘 보여준다. 실용적인 글을 쓸 때, 빠른 필체와 현학적인 인용이 도움이 된다.

윗글에서 주목할 것은 인용하기이다. 평소, 여러 종류의 신문 읽기를 하면 글을 쓸 때 막힘없이 인용을 할 수 있다. 이와 함께 검색을 잘하는 것도 인용하는 데 도움이 된다. 윗글은 '고쳐쓰기'라는 키워드로 인용 자료를 잘 찾아내어, 한 곳에 요령껏 인용했다.

지은이 **고수유**

제주도 제주시 용두암 인근에서 나고 자랐다. 홍익대학교 국어국문학과를 졸업한 후, 2014년 동대학원에서 국어국문학과 박사학위를 취득했다. 1995년 〈문학사상〉에 시로 데뷔한 후, 시와 평론으로 홍대 학예술상을 수상하였다. 2013년 〈동아일보〉 신춘문예에서 중편소설 〈이교도〉로 인산문학상을 받았다.
저서로 장편소설《헤르메스의 예수》, 시집《피카소 거리의 풍경》, 학술서《한국 근현대 불교소설 연구》, 에세이《감사합니다 서로 사랑하십시오》(2009년 세종도서), 에세이《법정 스님으로부터-무소유를 읽다》(2016년 세종도서),《1등의 책 쓰기 습관》등이 있다.
홍익대학교에서 대학국어 작문 및 창의적 글쓰기를 가르쳤으며, 현재는 '1등의 책 쓰기 연구소'에서 쉽고 재미있는 글쓰기 및 책 쓰기 강의를 하고 있다.

이메일 nunnara@hanmail.net
1등의 책 쓰기 연구소 http://blog.naver.com/sulguk

글쓰기가 두려운 그대에게

혼자서 익히는 글쓰기의 기초

1판 1쇄 발행 2018년 1월 25일
1판 3쇄 발행 2019년 3월 20일

지은이 고수유
펴낸곳 (주)문예출판사 | **펴낸이** 전준배
출판등록 1966. 12. 2. 제 1-134호
주소 03992 서울시 마포구 월드컵북로 6길 30
전화 393-5681 | **팩스** 393-5685
홈페이지 www.moonye.com | **블로그** blog.naver.com/imoonye
페이스북 www.facebook.com/moonyepublishing | **이메일** info@moonye.com

ISBN 978-89-310-1074-9 03800

이 도서의 국립중앙도서관 출판시도서목록(CIP)은 서지정보유통지원시스템(http://seoji.nl.go.kr)과 국가자료공동목록시스템(http://www.nl.go.kr/kolisnet)에서 이용하실 수 있습니다. (CIP제어번호 : CIP2018000576)